狡猾弁護士は、結婚お断りの初恋秘書を一途な溺愛で搦めとる

marmaladebunko

泉野あおい

marmalade bunko
マーマレード文庫

目次

狡猾弁護士は、結婚お断りの初恋秘書を一途な溺愛で搦めとる

狡猾弁護士は、結婚お断りの初恋秘書を一途な溺愛で搦めとる

プロローグ

完璧な人生設計を壊したのは彼女で、
完璧な人生設計に巻き込んだのは彼だった。
大人になった二人が思うのは――
やっぱり人生は予定通りにいかない、ということだ。

＊＊＊

「麻宮彩果《あさみやあやか》さん、来年、あなたが卒業する日に結婚してください」

高校の卒業式を終えたばかりの忍足堅祐《おしたりけんゆう》の言葉に、彩果は大きな目をさらに見開いた。

冷たい風の中、ほのかに春の香りが混じった校舎横。まだ開花していない大きなソメイヨシノの木の下に二人はいた。

呼び出したのは、彩果の方だった。

しかし告白したのは、堅祐だ。

堅祐は身長順ではいつも最後尾にいる長身。制服の上にネイビーのコート、赤いマフラー。黒髪とトレードマークのシルバーフレームの眼鏡。眼鏡の下に見えるのは切れ長の目。学校一格好いいと言われていたが、睨《にら》むと全てのものを凍らせてしまうほどの迫力があった。

彩果はというと、明るいブラウンの髪を一つに束ね、快活そうな雰囲気がある普通の女の子。くりっとした大きな目が印象的で、綺麗《きれい》と言われることは少ないが、愛《あい》嬌《きょう》があり、男女ともに友だちは多かった。

「け、結婚？　ちょ、ちょっと待ってください先輩！　来年になっても二人とも学生ですよ！　まずは普通にお付き合いからしませんか？　映画とかご飯とか行ってデートして」

「結婚だ。それ以外に選択肢はない」

「えぇっ！」

(結婚しかないの!?)

実は彩果はその日、一年早く卒業を迎える堅祐に告白をしようとしていた。

好きです、付き合ってください、と言うはずが、相手からプロポーズされるのは想定外の出来事。

しかも付き合うのではなく、結婚しか選択肢にないらしい。

彩果は思う。『私たち、まだ付き合ってもいないはずだよね?』と。

その通りで、堅祐と彩果は付き合っていない。

あることがきっかけで話すようになり、それから勉強を見てもらったり、アルバイト先のファミレスにも来てもらったりと、何かと彩果から接点を作っていた。なんなら、彩果は今日、自分から告白するつもりで、それすら受け入れられないだろうと思っていた。

もともと堅祐は、恋愛は自分には必要ない、と考えていると彩果は知っていたから。

しかし、彩果はイチかバチかで、卒業式に告白してしまおうと思ったのだ。

(ダメもとで告白しようと思ってたんだけど、プロポーズされてしまった)

嬉《うれ》しいか嬉しくないかといえば、嬉しい。

自分の好きな人が自分と結婚したいと言ってくれているのだから。

どうしていいのか分からず固まっていると、堅祐は大きな鞄《かばん》から背幅十センチほどの分厚い青いファイルを取り出した。

中にはその背幅分ぎっしり紙が詰まっている。

きょとんとする彩果をよそに、堅祐は真面目な顔で言い放つ。

「そして、これが俺と麻宮さんとの今後のライフプランだ」

「ライフプラン？」

彩果は意味が分からなくなっていく。

予想以上にずっしり重いファイルを半ば無理やりに渡されて受け取った。

彩果が恐る恐る中をめくってみると、最初のページには堅祐と彩果の名前がグラフの縦軸に並ぶ。横軸には二人が九十歳を超えるまでの年月が細かく並んでいた。

さらによくよく見てみれば、これから堅祐が大学に入り、在学中に司法試験に合格、弁護士になることに始まり、なぜか将来的には日本を代表する大企業の法務担当取締役に就任するとなっている。

彩果については、残りの高校生活、堅祐とともに住み、自宅で華道や茶道、料理、ダンスに着付けなどの花嫁修業に勤しむ。英会話の勉強も並行し、高校卒業を迎えると同時に堅祐と結婚するとなっている。

子どもは堅祐が二十八歳、彩果が二十七歳までに二人だ。

しかも、チラッと目に入ってしまったのはファーストキスの日。

（やだ！　初めてのキスの日まで書いてある！　来月の十日、一か月後！）

先にファーストキスの日を知っているだなんて、全然ロマンティックじゃない、と彩果は落ち込む。

　堅祐は気にせず話を続けた。

「そちらの一冊には総合的な二人のライフプランが記されている。プランを不備なく進めるための具体的な方法や手続きについては別紙に記載している。別紙はまとめて別冊とし、こちらは三冊ある」

「別冊が三冊も！」

　堅祐の持つ鞄の中には同じように分厚い青いファイルが三冊入っていた。

　彩果は混乱がすぎて、ある意味冷静になってきている。

　もちろん彩果も、堅祐が超真面目で、几帳面なのは知っていた。

　学校行事でも生徒会長としてスケジュールを立てて実行する姿も見てきた。みんなで決めたルールを守らなければ、声を荒らげず怒られた。それがまた怖かった。

　とにかく彩果には、今、目の前にいる堅祐が、その時と同じように目的――この場合、結婚を遂行《すいこう》するために、きっちりと予定を立てているように思えたのだ。

「でも、プライベートまでこうもきっちり予定を立てて、その通りにしようとするのはやりすぎじゃないですか？　そこは自由でいいじゃないですか！」

「だめだ。君は自由すぎる。忍足家に入るというのは簡単なことじゃないんだ。俺は君をきちんと守るためにこのライフプランを半年以上かけて考えたんだ」

「半年以上⁉」

その長さに彩果は驚愕《きょうがく》する。ちなみに半年と少し前といえば、堅祐の誕生日のころだ。

「別に守られたいわけじゃないし、ひとつひとつ一緒に考えればいいじゃないですか」

「いや、だめだ。君は分かっていない」

「分かってないのは先輩です！」

彩果はどんどん悲しくなってきていた。

なぜかいつもと違って、頑として堅祐が自分の意見を聞いてくれない。

それが彩果には、堅祐が自分の決めたプランに、たまたまそこにいた彩果をはめようとしているだけのように思えたからだ。

（この通りにしてくれるなら、相手は私じゃなくてもいいんじゃない？）

悲観的にそんなことまで思う。

（しかもさっきから、『好き』って言葉は聞かされてない）

それがさらに彩果の気持ちに追い打ちをかけた。

次の瞬間、彩果はファイルの紙を上から何枚かグシャッと握り、その紙を破いていた。

堅祐の顔が驚いたものになる。

「何をす――」

「人の気持ちはこんなスケジュール通りに行くはずない！」

堅祐がまだ何か言いたげになる。

彩果はそれ以上、聞きたくなかった。

「結婚はお断りします！　もう、一生会いません！　サヨウナラ！」

彩果は初めて堅祐の前で泣きながら、言葉を放っていた。

そこで事件は起こる。

彩果が紙を数枚破いただけのファイルはまだかなり重くて、ただ突き返すはずが、ファイルは彼女の手から飛び出した。

そして、堅祐の額にクリーンヒットを決めるのだった。彩果の目に鮮やかな赤い線が映る。

言い訳ではないが、本当に彩果にその気はなかった。

ただ、手がすべっただけ。それだけだ。

二人はそれからずっと会うことはなかった。

彩果も合わせる顔がないと思っていた。


――十年後。

そこは都内のラグジュアリークラスのホテルの室内。

(どうしてここに来ちゃったんだろう)

彩果は何度も思っていた。

目の前には、もう眼鏡はなく、十年前より精悍《せいかん》な顔立ちをして、体格もさらに男らしくなった堅祐。

部屋に入るなり我慢できないように引き寄せられ、激しいキスをされる。

すぐに舌が口内に入り込んだ。まるで全て奪っていくようなキスに彩果は息もできなくなった。

しかし、彩果もやめられなかった。

「ふぅっ……」

彩果にとって男性とするキスは初めてではなくなっていたが、堅祐のキスは彩果の知るキスとは全く違う。
初めての感覚に少し怖くなり、堅祐のスーツの背をつかんだ。
堅祐はクスッと微笑《ほほえ》んで、さらにキスを続ける。
膝から崩れ落ちそうになった彩果の腰を抱きしめ、堅祐が耳元で囁《ささや》く。
「もう止められないから。逃げることは許さない」
堅祐は有無を言わさず彩果を抱き上げ、ベッドに彼女を沈めた。
大きな堅祐の手に抱かれながら彩果は思う。
もう一生会わないと思ってたのに。
本当に人生は予定通りにいかない――と。

一章　私の人生、予定通りにいきません！

　ことの始まりは、すれ違う人の多くが半そでになり、街の色が明るくなったころだった。

　私――麻宮彩果は二十七歳になっていた。卒業以降、私と先輩に接点はなかった。接点を持つ気もなかった。

　そのころの私の職場は、都内一等地にあるオフィスビル街の十五階建てビルの三階。

　それは勤め先のＷＥＢ広告会社・株式会社ＫＡＧＡＭＩの社長である加賀美一《かがみはじめ》が『会社は都内の一等地くらいにないと信頼が得られないからな！』と一年前に言い出して移転したからだった。

　家賃三百万を超える物件だけど、この家賃でも都内の一等地では、低層階でワンフロアの半分以下。

　先行投資みたいなものだからこれからもっと稼げるようになる、と彼はあっけらかんと笑っていた。

　だけど、その彼も今はいない。

多額の債務——つまり借金を残し、彼は失踪。会社も倒産したのだ。

数え切れないほど謝って会社の電話を切った新入社員の長良《ながら》さんが、顔を顰《しか》めて私の方を向いた。

「麻宮さぁん、社長と連絡取れました？」

「まだ取れていません」

加賀美社長への電話から聞こえるのは、その電話番号がもう使われていないという無機質な女性の声だけ。

長良さんが驚いたように目を見開いた。

「本当に何も聞いてなかったんですか⁉　彼女なのに！」

「ごめん」

そう、私は社長である加賀美一の彼女でもあった。

ハジメは、普段から私の自宅によく食事をしに来ていたけど、この一週間来ていなかった。

仕事にも来なかったから風邪でもひいているのかと思っていたら、三日前に電話がきて、『俺は元気だから心配しないでくれ』という。

また突然旅にでも出たのかと思ったし、それも時々あることだから本当に心配しないで放っておいた。

しかし、その三日後の今日。

突然、会社は倒産したと、オフィスの扉にハジメの字で張り紙がされていたのだ。

（嘘《うそ》でしょ……？）

実際に債権者からの電話は鳴りやまない。先ほどまで、銀行の担当者も血相を変えて電話してきていた。銀行の融資も受けていたからだ。

見渡すと、電話対応している総勢二十名の社員の顔色はみんな青い。

（こういう時こそ平常心だ。みんなを不安にさせちゃだめ）

無理に落ち着いた表情を作る。

「ごめん、電話は留守電にしていいから今日はもうみんな帰って。今後どうするかは必ず私から連絡する。今月の給料も心配しないで。遅れても払うようにするから」

みんなが不安げに頷《うなず》く。

私だってこんな状況でどうしていいのか分からない。頭の中がずっとグルグル回っているような気がしていた。

社長の彼女というだけで、役員でもないし役職もない。それでも、創立五年、若手が多いこの会社で一番の古株は私だ。

とにかくまず、顧問弁護士に相談しないといけないと思っていた。その後で銀行の担当者や取引先と会うなど、やることは山積みだ。


「本当に大変なの」

三日後の夜、小学校からの幼馴染《おさななじみ》・坂野麻衣《さかのまい》の自宅マンションにいた。

麻衣は今、大手旅行代理店で総務の仕事をしている。

大学まで一緒だったから、当然同じ大学だったハジメのことはよく知っている。念のため、ハジメから連絡がなかったか聞いたら、事情を詳しく教えろと呼び出された。

関係各所を回り終え、へとへとになった足で麻衣の自宅に向かった。

いつもと同様、麻衣が冷蔵庫のビールを缶のまま私に渡して、同時にタブを開けて乾杯する。

ごくん、と喉に流し込まれたビールがとんでもなくおいしい。

この三日、ずっと走り回っていたから余計だ。

「加賀美も結局見つからないまま？」

「うん。知ってるのは行きつけの店くらいだけどいなかった。ハジメの最近仲よかった友だちも思い浮かばなくてさ、失踪届を出してハジメを見つけようとしたんだけど失踪届も出せなかったの。親族でない人間が出すのは無理みたい」

「彼女でも？」

「うん。結婚してれば違ったんだけどね」

何かあった時に親族でないというのは歯がゆい思いをするものだというのも思い知った。そもそもハジメとは結婚の話なんて出ていなかったけど。

麻衣は手を横に振る。

「いやいや！　マジで結婚なんてしてなくてよかったよ。そもそも私は加賀美と結婚するなんて彩果が言い出したら絶対反対してたし！」

麻衣は昔からハジメのことはよく思っていない。

ハジメは明るくて自由なところがいいところだけど、麻衣にとってはそこがちゃらんぽらんに見えるようだ。

「とにかく、加賀美は自分で失踪したんだろうからもう見つからないって思った方がいいわね」

「でももしハジメが倒産の責任を感じて、自殺でも考えてたらどうしよう」

麻衣はちぎれるほど激しく手を横に振る。

「いや大丈夫だって！　絶対そんなタイプじゃないから！　それより給料とか大丈夫

なの？　加賀美のことだからどうせ支払ってないままなんでしょ？」

「実は今月分のみんなの給料も会社の口座になかったんだ。経理の人も、これまでなんとなく気にはなっていたみたいなんだけど、ハジメはああいう性格だし、ギリギリでもいつも置いてあったから今月も大丈夫なんだろうって思ってたみたいなの。実際、五日前に口座にお金があったのは確認したらしくて」

　そしてそれを三日前に引き出した形跡だけが残っていた。

　それができるのはハジメだけだ。

「顧問弁護士の方は？　債務整理とか色々あるんでしょ」

「私も知らなかったんだけど、ハジメが頼んでたはずの顧問弁護士は半年前に廃業してたみたいなの。それで今まで丸投げしてた手続きができなくなってハジメも困ったんだと思う。だから弁護士から探そうと思ってる」

「ほんと、好き放題やって突然失踪とか、何から何まで加賀美らしくて呆《あき》れる」

「ハハ……」

「本人に悪気がないから余計タチが悪いのよ。のうのうとテレビの街頭インタビューとかに映ってそうで怖いわ」

　言いながら麻衣はテレビのリモコンを手に取り、電源を入れた。

テレビではニュース番組が流れる。

(いや、まさか本当に映ってないよね。そこまで暢気《のんき》じゃないと思うんだけど)

しかし一抹《いちまつ》の不安は残る。

まだ言い足りないといった様子で、麻衣は私を指さして続けた。

「加賀美もだけど、彩果だって行き当たりばったりすぎなのよ！　加賀美に告白されてすぐ付き合ってさ。会社興すって時も、そのまま手伝いみたいに給料もちゃんと決めずに入っちゃうんだもん」

「でも勢いって大事でしょ。やりたいと思った時にやらないと後悔する。全部決められた人生なんておもしろくないじゃない」

「まぁ、それで倒産して社長だった彼氏まで失踪とか、波乱万丈すぎておもしろいっちゃおもしろいけど」

呆れた口調で麻衣は言った。

私は初恋の人とは付き合えなくて、初めて告白されて付き合ったのがハジメだった。

ハジメはあまり考えて行動しないけど、悪いところばかりじゃない。いつも新しいことや知らないことをやって、ワクワクさせてくれた。

思い出して、ぐい、とビールを最後まで呷《あお》る。

麻衣は嘆息してもう一本私に差し出すと、テレビにぼんやり目を向けていた。

そして、気づいたようにテレビ画面を指さす。

「あれ？」

「ま、まさか、ハジメが本当に映ってた？」

「いや、違うわよ。ほら、彩果がお礼参りした先輩が出てるよ！」

「え？」

麻衣が指さした先、木曜十時の全国ネットのニュースに映っていたのは――。

黒髪に形のいい眉、高い鼻梁《びりょう》、形のいい唇。いつの間にか眼鏡はコンタクトに変わり、少し冷たい切れ長の目がよく見える。さらに高級スーツに身を包み、品のいい深紅のネクタイをしめ、確実に世間から注目され認められる大人の男性になった人――忍足法律事務所副所長・忍足堅祐先輩だ。

見た目は十年前のまま大人になった感じで、公私ともに落ち着いているのが全身からにじみ出ていた。

「っていうか、お礼参りじゃないし！　卒業式のお礼参りって報復するって意味なんでしょ。むしろ感謝したかったくらいなんだからさ！」

「でも、卒業式で血まみれにしたんでしょ？」

「まぁ……色々語弊はあるけど、結構血は出てたね」

チラッと見ると前髪を作っていて、左の額は隠れている。

跡が残ってしまっているんだろう。

(あんな端整な顔になんてことしちゃったんだろう)

私は高校時代、彼に怪我をさせてしまった。

あんなにお世話になった先輩に対して、自分がやってしまったことが最低すぎる。

画面に映る顔すら直視できない。

そのせいで、この曜日のこの時間は、いつもテレビをつけていないのだ。

「忍足先輩、今は弁護士しながら週一回、夜のニュースのコメンテーターをしてるんだよねぇ」

確かこのニュースには三年前から出演しているはず。

本当は一年の予定だったけど、視聴者の反応のよさを受けて続投が決まったとネットニュースで見た。そして今がもう三年目。

気になるので今でも彼の出演情報だけはチェックしてしまっている。

(これってもしやストーカー？)

まさか、と首を横に振る。罪悪感のせいで気になってしまっているだけだ。

麻衣は口を開いた。

「そういえば、うちの会社の顧問弁護士も忍足先輩なんだよ」

「え!? 全然聞いた覚えがないけど」

「普段は、うちの会社でも上層部の一部の人間しか直接話せないって感じだからね」

「へぇ……」

麻衣の勤める会社は大手だ。そこの顧問弁護士だなんて、忍足先輩はまさに雲の上の存在になっているようだ。

「法務担当を通して、先輩にKAGAMIの債務処理してもらえる弁護士を紹介してもらえないか聞いてみようか？」

「いや、いい！ 絶対聞かないで！」

「なんでよ？ あてもなくて困ってるんでしょ？」

よく考えてほしい。私が怪我《けが》をさせた先輩だ。

しかも散々お世話になったのにもかかわらず、最後に出血をお見舞いしてしまった。

そんな相手にヘラヘラと『困ってるので弁護士紹介してくださ～い』なんて言えるはずがない。

「申し訳なさすぎて無理だよ」

「大丈夫よ！　ほら、見てみなよ。あっちは結婚指輪までしてるじゃん」

ビシッと麻衣が指さした先、画面に先輩の左手が映る。

薬指には結婚指輪が光っていた。

（よかった。ちゃんと結婚したんだ）

私が二十七歳なので、彼は二十八歳。確かライフプランではもう結婚して、子どももいたはず。

そう考える私に麻衣は続ける。

「もう幸せ絶頂のはずでしょ？　そんな人が、怪我をさせられた相手を長年恨《うら》んでると思う？」

「でも額の怪我だよ？　毎日鏡で見るたび思い出してるよ」

「あんただって額に怪我あるじゃん」

「これはうっかり溝に落ちただけ」

私も覚えていないけど、亡くなった母から聞いた。

「その時のこと鮮明には覚えてないんでしょ？」

「四歳の時だからね」

「なら大丈夫よ！」

麻衣はバシッと私の背中を叩《たた》いた。

「先輩は十八歳の時だからしっかり覚えてるよ！」

何度も手を横に振る。本当に聞かれでもしたらマズイ。

接点なんて作りたくなかった。

「絶対聞いたりしないでよ！　っていうか、なんで今まで先輩が顧問弁護士だって黙ってたのよ！」

「だって全然かかわりないし。今、ふと思い出しただけだも～ん」

麻衣は言うなり、ビールをグイ、と呑《の》み干す。

もう一本ずつ冷蔵庫から出して持ってきて、私にも渡した。

麻衣はゆっくり呑みながら、思い出すように話し出す。

「彩果は両親の事故とか色々あってさ。それまでは全く恋愛どころじゃなかったでしょ。それでやっと好きになったのが先輩じゃん。変な別れ方しちゃってるから、正直ずっと気になってたんだよ。せめて普通に話せるくらいの関係には戻れるといいんだけどね」

私の両親は、私が中学の時に事故で亡くなった。

だからか昔はなんとなく大事な人を作るのが怖かった。

そんな中、先輩を好きになった。恋愛には興味ないって分かっていたはずの人を。

「でもさ、合わせる顔なんてもうどこにもないよ」

なんといっても結末はアレだ。先輩だって私の顔なんて見たいはずはない。

ぐい、とビールを呑みほすと頭がクラッとした。

久しぶりに先輩の顔を見てしまったからか動揺しているみたいで、呑むペースが速くなってしまっている。

眠気と酔いがすっかり回ってふわふわしかけた時、何か麻衣の声が聞こえたが、ぼんやりしたまま頷いた。


それから一週間後の夕方。

元あった会社のすぐそば。ＫＡＧＡＭＩの入っていたビルよりもっと大きくて綺麗なビルの前に私はいた。

そしてビルの一階に入って企業の一覧を見るなり、そのビルを飛び出す。

すぐ麻衣に電話をかけた。コール音は鳴るものの、麻衣は出ない。

「ちょ、ちょっとぉおお！　さっきまでやり取りしてたじゃん！」

慌ててメッセージアプリを立ち上げる。

先ほどまで麻衣とやり取りしていた内容が見えた。

【麻衣：今日って今から時間ある？】

【今、KAGAMIで片づけしてたとこ。バイトの時間までは大丈夫だよ】

【麻衣：じゃ、この駅で十六時十分に待ち合わせね】

指定された駅に行ってみれば、麻衣の姿はない。

さらに、メッセージが送られてきて、

【麻衣：そこから南にまっすぐ。三つ目の信号を右に曲がってすぐのビルね！】

カフェでもあるのかと書かれてある通りに進んでみれば、指定された場所には大きなオフィスビルがそびえたっていた。

「ここ……？」

【麻衣：その目の前のビルの三十一階！　十六時半で話は通してあるから！　絶対行きなよ！】

私はわけも分からないままビルに入った。そして、そこにある企業一覧で三十一階のテナント名を見て青ざめたのだ。

ビルを飛び出して電話をかけてもつながらないので、新たにメッセージを送る。

【ちょっと、どういうこと!?　このビルの三十一階って『忍足法律事務所』じゃん！】

麻衣から指定されたビルに入っていたのは、忍足法律事務所だったのだ。

泣きそうになっているのに、麻衣へのメッセージは既読にならない。

(十六時半にアポ取ってるって話だよね?)

時間はもう十六時二十三分。このまま逃げ帰ってしまいたい。

しかし、債務処理については今日も頭を抱える電話がいくつもあったところだ。

(このままじゃ、KAGAMIのみんなも困ったまま)

諦め悪くスマホを見つめる。

まだ麻衣へのメッセージは既読になっていなかった。

仕方なしに検索サイトを立ち上げ、忍足法律事務所について軽く調べる。

まずは敵情の把握。

忍足法律事務所はこのビルの三十一~三十三階に入っていて、事務所所属の弁護士は、三十名以上らしい。

三十名という人数には安心感があった。

(そっか。まさか副所長で忙しい先輩がこの件を担当するはずないよね!)

希望的観測だけど、そんなふうに考えないとここから一歩も歩き出せそうにない。

(それにあんなことをした自分を、担当してくれるはずがない)

とにかくそう結論付けて、ビルにゆっくり入る。

エレベーターで三十一階に上がると、透明の大きな扉を開けてすぐ受付があり、そこに女性が立っていた。

ぺこりと頭を下げる。

「麻宮彩果と申します」

「麻宮様、お伺いしております。こちらにどうぞ」

案内されたのは廊下の手前の部屋、二十畳ほどの応接室だった。

「こちらで少々お待ちください」

「は、はいっ」

応接室内には、長いテーブルがあり、肘かけのあるレザー調の椅子が対面で八脚入っていた。

大型のモニターもあり、その横の花瓶にはセンスよく季節の花も添えられている。

広い窓の外を見ればさすが三十階以上。景色がよくて圧倒された。

(ここ、絶対家賃すごいよね)

ここよりもっと小さくて低層階の家賃を知っているので、つい考えてしまう。

先ほどの女性がお茶を運んできてくれて、私の前に置いた。

「失礼ですが、麻宮様は先生とお知り合いで？」

「え？　あ、えっと――顔見知りではあったんですけど……」

そして高校の卒業式の日に血まみれにした犯人ですけど、と喉元まで出かかった。

女性は嬉しそうに微笑んで頷く。

「やはりそうでしたか。だからこんな無理なスケジュールで押し込んで――」

その時、部屋の扉が叩かれ、すぐに開いた。

ドキッとして目を向けると――。

入ってきたのは忍足堅祐先輩だ。

（なんで先輩が!?　だめ、顔を見ただけで泣く！）

質のいいダークグレーのスーツに、落ち着いた濃いレッドのネクタイ。大人の先輩を直接前にして、言葉が出ない。

あれから十年も経《た》った。

だけど怖くてテレビの画面越しですら見られなかった。

こうして直《じか》に会ってみれば、反省と後悔だけが押し寄せてくる。

しかも受付の女性は「それでは失礼します」と去っていってしまったのだ。

（私も一緒に部屋を出たかった！）

そう思っても出ていけない。

一言も発せず、一歩も動けないまま、そこで固まってしまっていた。

先輩は表情を少しも変えず、名刺をスッと差し出す。

「担当弁護士の忍足堅祐です」

「担当、ですか」

まさか本人が担当するとは。

別の人が担当するだろうという淡い期待は期待のままで終わった。

「よろしくお願いします。あの……申し訳ありません、私、名刺がなくて」

顔を限界まで背けながら言う。先輩の顔も見られない。

なのに、心臓の大きな音だけが頭まで響いていた。

私とは対照的に先輩はひどく落ち着いた声で話す。

「先に情報はお聞きしておりますので、問題ありません。おかけになってください」

先輩は窓側の席に座るよう促すと、自分も私の前に着席し、持ってきていたタブレットに静かに視線を落とす。

そんな先輩の姿をチラッと盗み見していた。

(あれ……？　もしかして全然気づいてない？)

心の片隅にわずかな希望が顔を出す。

よく考えてみれば、あれから十年も経っているのだ。

(私はずっと後悔からびくびくして過ごしてきたけど、先輩は忘れてたんだ！)

毎日たくさんの人に会っているからだろう。楽観的にそう思った。

彼はタブレットに目を通しながら淡々と言う。

「株式会社ＫＡＧＡＭＩの企業債務整理、ですね。代表の加賀美一さんは、本日はこちらにいらしてませんが」

「失踪したままなんです。それで私が代わりにしなきゃいけないことをまとめてしておこうかと」

「そうですか」

先輩はまっすぐこちらを見据え、真面目な顔で加える。

「手続きの件ですが、あなたは加賀美社長のご親族でもＫＡＧＡＭＩの役員になっているわけでもないんですね？」

「はい」

先輩は少し考えたそぶりをしたのち、サラリと言った。

「それなら、全ての手続きは私に任せていただけないでしょうか」

「え……？」

「安心して任せていただいて大丈夫です」

ニコリともせず先輩は頷く。

あまりにもあっさりと言われて戸惑ったが納得した。

（先輩は私が誰か気づいてないから、普通の仕事として債務処理もしてくれるんだ！）

心の中が一気に軽くなっていった。落ち着いた私は、気になっていたことを聞く。

「後、報酬の方はどのようにすればよいでしょうか。概算でも教えていただけますか？　お恥ずかしながら、用意する時間もかかりますし」

そう言うなり、今まで微動だにしなかった彼の眉がピクリと動く。

その後、表情まで硬くなった。

「あなたが用意をされるつもりですか？」

「はい。そのつもりです」

「なぜ？　あなたはただの一社員だったのでしょう」

「あの、私、実は加賀美社長と付き合っていまして――」

言いかけた時、冷たい視線がこちらを捉えていると気づいた。

怖い、凍てつくような先輩の瞳だ。

「ひっ……！」

（やっぱり自分を血まみれにした犯人だって気づいた!?）

不安すぎて胃がもげそうになる。

黙り込んだ私にハッとした様子で、先輩は続けた。

「あぁ、申し訳ありません。費用の方は負担にならないように配慮しますが、もし新たにお支払いいただく必要が出てきましたら、随時相談させていただきます。他にご質問は？」

「今のところはないです」

「ではお任せください」

先輩は笑みも浮かべず、失礼します、と席を立って部屋を後にしてしまった。

時間にしてわずか十五分。

不安でまだ胸がドキドキしているけど、会社の件ではホッとしていた。

実際、高校時代から先輩はとんでもなく頼りになったから。

（そこは昔から変わってないんだ）

帰る時に受付で今日の相談料の精算について聞くと、パソコンに目を落とした女性が「今回の相談料の請求はございません」と言った。

「なし？　時間が短かったからでしょうか」

「こちらでは詳しくは分かりかねます」

「そうですか。ありがとうございました」

先輩に聞こうにも、もう彼はあの部屋にはいない。

さらに接触を増やして自分に気づかれる可能性を高める勇気もなかった。

時計を見ると、もう十七時近く。

私は慌ててビルを出て地下鉄の駅に向かった。


地下鉄の駅で三駅。西口ロータリーから、街路樹の植えてある通り沿いに歩く。

緑の葉をつけた欅《けやき》の木からムクドリたちが一斉に飛び出した。

ムクドリたちが向かった先の路地裏のビアバーに滑り込む。

「ぎりぎりセーフ！」

店は十八時にオープンするので、その十五分前には来るようにと言われていた。

しかし今日は少し遅れるかもしれない、と先に伝えていた。何とかオープンには間に合ったみたいだ。

カウンターの奥には、白シャツに黒いベスト、蝶《ちょう》ネクタイにエプロンと、昔から変わらないバーテン服に身を包んだ叔父の麻宮祥吾《しょうご》さんがいる。

　こちらを見るなり、エプロンを渡した。

「彩果、すぐ支度しろよ」

「はぁい」

　ここは、亡くなった私の父・麻宮健吾《けんご》の弟である祥吾さんが経営している店――プローストだ。主に海外のクラフトビールを取り扱っている。

　カウンター八席、四人がけのテーブル席が三卓の店で決して大きいわけではない店内。ワンオペで回るが今だけ臨時で雇ってもらっていた。

　昼はKAGAMIの残務処理などが忙しく、夜しか働けないのでとりあえず飲食店でアルバイトしようと思っていたら、祥吾さんが『短期間ならうちで雇ってやる』と言ってくれたのだ。

　それは願ってもない話だった。

　昔からここでのアルバイトに憧れていたし、もともとビールが好きでここに通っていたのも幸いし、常連さんもほとんどが顔見知りだ。

　ただし、ビールをタップから注ぐのは許してもらえない。ビールの注ぎ方には祥吾さんに強いこだわりがあり、彼が注ぐビールは本当においしいのでそのこだわりにも納得せざるを得ない。

私は接客とフード中心で働いていた。

「彩果ちゃん、彼氏が会社つぶしてとんずらして大変なんだって？」

プローストの常連の一人であるクニさんが入ってきて、カウンターの真ん中に座りながら言う。

クニさんは四十代前半の中肉中背の男性で、会社員だと聞いていた。それ以上はあまり知らない。

「なんでご存じなんですか」

「先週マスターから聞いた」

目を細めて祥吾さんを見れば、「だって事実だろ」と言われる。

常連さんは友だちみたいなものだし、知られて困る話じゃないけどさ。

「でも、会社の残りの手続きは、今日、弁護士さんに頼めたから大丈夫そうです」

「この店にも時々来る弁護士先生っていなかったっけ？」

「え？　弁護士って人は知らないですね。私、会ったことある？」

祥吾さんに聞くと、祥吾さんは首を横に振る。

「彩果は知らないだろうな。タケさん、あまり顔を出さないし」

「タケさんっていうんだ」

確かに名前も聞いた覚えがない。

週に半分ほど顔を出す常連さんは大体八名。後約二十名は、月に一～二回、時々顔を出す程度の常連さんだ。

私も後者だったので、全員は知らなかった。

その時、店に入ってきたのは、六十前後と見られる上品で落ち着いた雰囲気の紳士だ。歩いているだけなのに、その佇まいには洗練された品格が漂っていた。

「噂《うわさ》をすればタケさんだ。タイミングがいいな」

祥吾さんが言い、見るとタケさんは人のいい顔で微笑んだ。

タケさんがカウンターの一番奥に座るなり、祥吾さんが声をかけた。

「ちょうどタケさんの話をしていたところなんですよ」

「へぇ、どうしてです？」

「この姪《めい》っ子がトラブルに巻き込まれてましてして」

タケさんの視線がこちらを向くと、ぺこりと頭を下げた。

「はじめまして、麻宮彩果です。先週から少しだけお手伝いに入ってるんです。ちょうど今日、法律事務所にお願いに行ってきたところなんですよ」

「ちなみにどちらの法律事務所にご依頼を？」

「忍足法律事務所というところなんですが、同業ですからご存じですか？」

タケさんは頷いて目を細めた。

「あぁ、忍足法律事務所ね。もちろん知っています」

「やっぱり有名な事務所なんですね」

勝手に誇らしい気分になってしまう。

（さすが先輩だなぁ）

そう思う気持ちはやっぱり今も変わらなかった。

タケさんは穏やかな笑みを浮かべる。

「トラブルは解決できそうですか」

「はい、事務所の忍足先生のおかげで」

「それはよかった」

タケさんはベテラン弁護士と思える安心感のある笑顔で笑う。

二人で、ふふ、と笑い合っていると、祥吾さんに肘でそっとつつかれた。

（忘れてた、タケさんはビールを呑みに来たんだ）

「申し訳ありません、注文をお聞きしていませんでしたね。何にされますか」

「では今日はシメイで。後、ザワークラウトを」

「はい」

シメイは、ベルギービールの代表格で修道院で造られるトラピストビールだ。ホワイトやブルーなどカラーによって味もアルコール度数も違うが、基本的によく熟成されていて度数は少し高め。

ザワークラウトというのは通常キャベツの漬物みたいなものだけど、この店では厚切りベーコンとキャベツを煮込んだものをそう呼んでいる。これが少し苦みのあるビールとよく合う。

祥吾さんがビールを注ぐ間にザワークラウトの準備をしていると、大人数のお客さんが入ってきて、テーブルが一気に埋まってにぎやかになった。

色々あったけど、こうして接客していると気がまぎれる。ＫＡＧＡＭＩでは営業を担当していたので、人と接する仕事が多くて楽しかった。

それに高校時代はファミレスでバイトをしていたし。

（営業の仕事を探してみようと思ってたけど、飲食店で働くのもやっぱりいいな）

嵐のような団体客が引いた時には、他のお客さんも帰り、マイペースで呑んでいたクニさんとタケさんだけが残っていた。

カウンター前のシンクで片づけをしている私に、クニさんが話しかけてくれる。

「仕事は今から探すんだろうけど、部屋は見つかったの？」

「いいえ、それもまだなんです」

これまで住んでいたのは会社から近い部屋だった。だけど家賃はＫＡＧＡＭＩの給料ギリギリで払っていたのでこれから住み続けるのは難しい。

これからいくら必要になるのか見当もつかないので、毎月かかる家賃はできるだけ抑えたい。

クニさんはニコッと微笑む。

「それなら、うちの会社の管理してる物件があるから契約する？　家賃十五万でいいよ！」

「十五万!?　高いですよ！　っていうかクニさん不動産屋さんだったんですか！」

「そうだよ。言ってなかったっけ」

何度か顔を合わせていても、案外知らない情報の方が多いものだ。

「三万ならいけるんですけど」

「三万って、今時シェアハウスでもないよ。しかもうちにはない。うちは高級賃貸が売りなんだ」

「だから言ってるだろ。うちに来いよ」

隣で祥吾さんが息を吐《つ》く。

私は両親を亡くしてから大学を卒業するまで祥吾さんのアパートに住んでいた。

その時、祥吾さんは独身だったけど、今は結婚して奥さんと住んでいる。

二人は遅くに結婚したので今新婚でラブラブだ。

「新婚家庭の邪魔するほど無粋じゃないですぅ。それに、いくら住み慣れていた場所だからってあの狭いアパートに三人暮らしは無理よ」

これまでだって散々迷惑をかけたんだ。もう迷惑はかけたくない。

「でも困ってるんだろ。美里《みさと》もお前なら問題ないし」

「何とかなるから心配しないで。ここでアルバイトをさせてもらってるだけでもすっごく助かってるんだから」

まだこれから先のあては決まっていないけど、私は元気で体力もある。働くのは好きだからアルバイトを増やせば生きていくくらいはできる。

問題は弁護士費用とＫＡＧＡＭＩの債務整理に必要な費用。ずっとアルバイトではきつくなるだろうから本当は正社員として就職を決めたい。

今まで黙っていたタケさんが紳士的な笑みを浮かべ、口を開いた。

「この三駅先に三万でいい物件があるよ」

「もしかして事故物件ですか？　それにしても安すぎるような」

普通に亡くなった程度は気にならないけど、惨殺現場であればやっぱり怖い。

タケさんは楽しげに笑って答えを明かした。

「ハハッ、違ってね。うちの事務所が持っているマンションだよ。職員専用、１ＬＤＫ家賃三万」

「職員専用なら私は無理じゃないですか」

「うちで秘書として働けばいいじゃない。仕事も探しているんでしょ？」

突然そんな提案をされて思わず目を見開く。

「ほ、本当ですか？」

「冗談でこんなことは言わないよ」

目の前のタケさんは呑んでいる割に酔っているように見えない。

（もしかしていつもこんな感じでスタッフをスカウトしてるとか？）

戸惑いながらもつい聞いていた。

「えっと、タケさんの職場の秘書っていうのは、法律事務所の秘書ですよね。私、法律の知識なんてないですよ？」

「やる気があるなら、法律の知識は徐々に覚えればいいだけだよ。働き者で物怖じしないとか、人と接する仕事が好きとか、根本的なところでもう合格だと思うからさ。私は合っていると思うよ」

タケさんはさらに後押ししてくれる。

ちょうど今日、法律事務所を見てきたのもあって、どんな雰囲気か想像もつきやすかった。

(難しそうだけどやってみたいな)

すぐに頭の片隅で自分の声がする。

(でも、今日会ったばかりの人だし、何か裏があるのかもしれない)

そう思って、タケさんに疑問をぶつけた。

「今日初めて会ったのに、どうしてこんなによくしてくださるんですか？」

「勘かな。これでもたくさんの人を見てきている。君は悪い人じゃない。働きぶりもいいしね」

タケさんの言葉に裏はないように思う。

チラッと祥吾さんを見ると、目で『やりたいならやってみな』と後押しされた。

祥吾さんは昔からこうだった。

私がやってみたいということは、大抵やってみればいいと背中を押してくれた。

(予定外の出来事が起こるのだって人生だよね)

決意し、頭を深く下げる。

「よろしくお願いします!」

「もちろんだよ。じゃ、これ。今更だけど、うちの名刺。来週月曜朝八時から来てよ。事務所の方には話を通しておくから」

そう言って渡された名刺に書かれていたのは——。

「……お、忍足法律事務所!?」

「申し遅れましたが、私、忍足法律事務所所長の忍足尊《たける》です」

タケさん——いや、忍足先輩の父である忍足尊さんは優しく微笑んで言った。

二章　予定外のことばかり起こります！

この前は依頼人として訪れたビルを、職場として見上げる。

タケさんが先輩の父親だと知っても断らなかったのは、自分でも不思議だった。

正社員と家賃三万の部屋にはかなり魅力を感じるし、先輩がもうしっかり結婚していて、私を覚えていなかったのも後押しになった要因だ。

約束の八時の十分前にはエレベーターで三十一階まで上がり、この前案内してくれた総合受付の女性に少し緊張しながら名前を告げた。

「おはようございます。麻宮彩果と申します。本日よりこちらでお世話になります」

「お聞きしております」

きちんと確認すると、胸元の名札には『鷺宮《さぎのみや》』と書かれている。鷺宮さんは、じっとこちらを見た。

「雰囲気が、少し変わりました？」

言われて苦笑した。

私はその日、珍しく髪をヘアアイロンで巻き、さらには大きな伊達《だて》メガネまでしていたのだ。

それはもし先輩と廊下などですれ違った際、自分だと気づかれないため。

すでに依頼者として一度会っているので意味はないけど、念には念を入れた。

「担当者を呼びますので、少々お待ちください」

どこかに電話をかけたすぐ後、鷺宮さんは、私の後ろを見て表情を柔らかくした。

振り向くと、廊下の奥からスーツを着た男性が速足でやって来る。

身長は百七十センチくらい、短い茶髪に目がクルッと大きい。

どこかで会ったような気がして考えていると、小さなころ飼っていた柴犬《しばいぬ》だと思い出した。はしゃぎまくって散歩も大変だったタロ。だけど、すごくかわいかった。

「いやぁ、よかった。来てくれて！　本当に助かったよ！」

私の手を取るなり、さらに早口でまくし立てられる。

「あ、自己紹介が遅れたね。僕は柴田明《しばたあきら》。ここに入って七年目のパラリーガルだ」

名前まで柴が入っているとは。思わず笑いそうになった。

「麻宮彩果と申します。よろしくお願いいたします。ところで、パラリーガルって何でしょうか？」

「パラリーガルは法律業務に関する書類作成が主な仕事。秘書業務も兼任する場合があるんだけど、忍足先生の場合は案件数が多くて手が回らなくてさ」

慌てて手帳を出し、頷きながら『パラリーガルの柴田アキラさん、書類作成業務』と簡単にメモを取る。その間にも柴田さんは続ける。

「実は何度か秘書を雇ってるんだけど、先生がなかなか厳しくて、どの秘書も長続きしなくてね」

「そうなんですか……。とてもお優しい方に思いましたが」

「え、本当!?　すごいね！　君には才能があるよ！」

柴田さんは突然私の肩をつかみ、目をキラキラと輝かせた。

私のどの発言が才能の話につながったのか全く理解できない。

「さ、才能って？」

「先生の下で働ける才能だよ！　先生が優しく感じたんでしょ!?　先生って絶対ドSなのにすごいよ！　とにかく僕一人じゃ抱えきれないんだ。スケジュール管理までやれとか絶対無理だもん」

柴田さんはマシンガンのようにしゃべり続ける。

「麻宮さんの主な業務はスケジュール管理。特にクライアントのアポイント管理は重要だから気を付けてね。他には先生の許可が出たら来客対応、電話対応、資料や判例を用意してもらったり、書類を法務局や裁判所に持って行ってもらったりすることもあると思う」

「はい」

最初は戸惑うだろうが、できない業務ではないように思った。

「あぁ、よかった。ただでさえ書類作成系は全部僕がやってるんだからさ、これ以上は無理なんだよ！　なんせうちのナンバーワン案件数だもん。しかも一つ一つが大きいわけでさぁ。来月からなんとあの東條《とうじょう》グループの顧問弁護士まで引き受けるんだよ！」

東條グループといえば、不動産、建設、銀行、造船などの大企業グループ。その中心にいる東條家は、日本を代表する天下の大財閥でもあった。

「さすがですね」

「あ、先生がいらした！」

柴田さんは廊下のあちらに目を向けた。

先生の姿が小さく見えるなり、思わず目を瞠《みは》った。

（あれ？　先生って、尊先生じゃない!?）

尊さんに誘われたのだから、当然尊さんの秘書だと思ってた。

だけど、どう見ても違う。

「今日からよろしく」

目の前にいたのは――忍足堅祐先輩だ。

(なんで先輩が!?)

叫ぶわけにもいかないので、必死に声をこらえた。

こらえながら柴田さんにそっと聞く。

「私、尊先生の秘書じゃないんですか!?」

「尊先生のパラリーガルは秘書業務も含めて長く続けているベテランだよ。堅祐先生の秘書に決まってるじゃん」

「そうなんですね」

「何か不満があるのか」

ピクリ、と先輩の眉が動いて低い声で問われる。

慌てて「いえっ、とんでもない」と手を横に振った。

ふと、柴田さんの『どの秘書も長続きしない』という言葉を思い出した。

(先輩が私を思い出したらこれまでの誰より早く辞めさせられる!)

いっそもう辞めてしまった方がいいのかもしれないという考えが頭をよぎったが、

正社員と家賃三万の部屋がチラついて簡単に決断できなかった。

ドキドキしながら先輩に連れられ、三十三階の東の端から二つ目の部屋まで行く。

入り口扉の横には【Kenyu Oshitari】という表示があった。

部屋に入ると、まず六畳ほどのスペースに、デスクとパソコンが置いてある。その奥の十二畳ほどの部屋に大きなデスクと本棚がある。

奥が先輩の使っている部屋なのだろうとすぐ分かった。

手前の部屋のデスクに触れながら、先輩は言う。

「ここが君のデスク。当面のスケジュールはこれだ」

「はい」

手渡されたのは十インチほどのタブレット。中のスケジューラーに向こう半年の予定がびっしり詰まっている。

「このフォルダの中に知っておいてほしい情報が一覧になっている。今月中にこれを全て読み込んでおくように」

「はい」

【秘書用：業務マニュアル】と書かれたフォルダの中には、たくさんの文書ファイルと表計算ファイルが納められている。

一瞬、ライフプランを渡された日の思い出が鮮明に蘇ってしまった。

(あの時からデジタルにアップデートされてるんだ!)

ふと思ってしまって、慌てて頭を切り替える。

仕事でこうしてマニュアル化されているのがどれだけ助かるか、よく分かる。

KAGAMIでは私が一番の古株だったから、できるだけ業務をマニュアル化してみたが、なかなか大変だった。

ファイルの一つを開いてみれば、二十ページ以上にわたってびっちり書かれていて、読み込むだけで相当時間がかかるだろう。

まだ七月も始まったばかりだけど、先輩が『今月中』と言ったのも納得できた。

ふいに見ると、先輩とバチッと目が合う。メドゥーサに見られた時のように石化してしまいそうになる。

先輩は淡々と質問した。

「英会話はできる?」

「簡単な英語なら仕事でも使いましたが、法律用語は全く分かりません」

ハジメと仕事で、マレーシアとタイに半年行き来していた。マレー語とタイ語も使ったが、ビジネスでは英語が多かったのだ。

ハジメが『英語は任せた』と私に丸投げしたので、できるようにならざるを得なかった。

「そうか」

「何か必要な業務がございますか？」

「いや、今はいい。後は柴田に聞いてくれ」

「はい」

私が頷くなり、先輩は奥の部屋に入っていった。

後ろにいた柴田さんを振り返る。

「柴田さんのデスクはどこですか？」

「僕は資料室なんだ。他の先生付きのパラリーガルも資料室にいることが多いよ。資料室は麻宮さんも使うようになるから、今から案内するね」

「はい」

パラリーガルが集まっているという資料室は同じフロアのエレベーター横にあった。

部屋に入ってみると、女性が十名、男性は五名。机は半分くらいしか埋まっていないので、この倍はいそうだ。

「ほとんどがパラリーガルと秘書の兼任。先生の数だけいるから全員で三十名だ」

その説明で人数が多いのにも納得した。

「今日から堅祐先生の秘書になる麻宮さん。みんなよろしくね」

柴田さんに紹介されるなり、頭を下げる。

軽く拍手が起こり、その後すぐ、男性が目の前に歩いてきた。

年代は五十代で、身長は百七十五センチくらい。黒髪に黒縁の眼鏡、目を優しくふっと細めたのを見て、緊張が解けた。

「私は尊先生の秘書の藤本正真《ふじもとしょうま》です。尊先生よりお聞きして、楽しみにしておりました。困ったことがあればなんでもお聞きください」

「はいっ。よろしくお願いいたしますっ」

藤本さんはずいぶん年上なのに、すごく丁寧な物腰で恐縮してしまう。

緊張して声が裏返った私を見て微笑まれた。藤本さんは聞いてくる。

「堅祐先生とは元からお知り合いでしたか？」

「あ、それ僕も気になってた！　知り合いなの？」

問われてどう答えるか考える。

（まだ先輩は思い出してないし）

そう思って、首を横に振っていた。

「実は尊先生の行きつけの店が、私の叔父の経営してる店というだけでして」

「プロストですよね。それだけですか？　堅祐先生とのご関係は？」

「先週依頼人としてお会いしました。以前勤めていた会社が倒産して、その債務整理を依頼しに来たんです」

「もしかしてKAGAMIの？　そうだったんだぁ！」

柴田さんが言う。柴田さんも書類作成でかかわったのかもしれない。

「はい。そちらもお手数おかけします」

「でも、あれ確か、堅祐先生の――」

あまり深掘りされても困ると思っていたら、「そうですか。ではこのあたりで。頑張ってくださいね」と藤本さんが言ってくれて話は続けなくてよくなった。

忍足法律事務所に入って一週間が経った。

不思議なことに、先輩は全く私に気づいていないようだ。

態度があまりにもビジネスライクすぎる。

あの怪我で記憶喪失にでもなっていたらどうしよう、と不安がよぎるくらいだ。

（それはそれで都合がいいのかも？）

超自己都合だが、いっそ記憶喪失にでもなっていてほしかった。

そうであればここでずっと仕事を続けられる。

朝、先輩が来るなり私は立ち上がった。話しかけるのにもいまだに緊張する。

「おはようございます、先生」

「あぁ、おはよう」

「マニュアル全部に目を通し終わりました」

「全部？」

「はい」

頷くと先輩は少し驚いた顔でこちらを見ていた。

数は果てしなかったけど、マニュアルは不思議とすらすら読めてしまって驚いた。

考えてみれば高校時代、先輩の作る文章をよく読んでいたからだと思う。

「電話の対応は覚えた？　内線は？　資料室の番号を言ってみて」

「はい。資料室は内線七番です」

「ブルトルの法務担当は覚えている？」

「日本法人は小倉忠興《こくらただおき》さん、アメリカ本社はジェイコブ・エドワードさんでしょうか」

それは取引先の一覧に載っていたはず。

先輩は一つ頷いた。

「英会話もできると言っていたな。これからは電話も取ってくれ。マニュアル通り、会社名と名前、用件だけは聞いて、分からなければ回して」

「はい」

そのまますぐ打ち合わせで部屋から出ていく先輩と入れ違いに入ってきた柴田さんに「電話対応ができるようになりました」と伝えると、彼は目を丸くした。

「え、麻宮さん、もう電話対応ＯＫなの!? 前の秘書は二か月ＯＫもらえなくて結局辞めたんだよ」

「そうだったんですか？」

先輩の作ったマニュアルなら、この通りに覚えておけば間違いないという確信があるから覚えることだけに集中できた。

「マニュアルの通りやれば大丈夫ですよね？」

「うん。でも、普通こんな量のマニュアル、読み込む前にへたるのに。すごいよ！麻宮さん！ さすが尊先生の見込んだ人だ！」

マニュアルが分からなければ仕事はさせてもらえないだろうと感じていたけど、その予想は的中していたみたい。

それに、仕事をしている時、ふと見えてしまったのだ。

――先輩の額に残る傷。

私はそれを見て、これまで自分から名乗り出られなかったくせに、罪悪感に押しつぶされていた。

そして、ただそんな先輩の役に立てるように、少しでも早く仕事を覚えたかっただけなのだ。


夜でもじっとりした暑さが続く一か月後の夜、私は麻衣の家にいた。

ビール缶で乾杯するなり、麻衣が興味津々《きょうみしんしん》といった様子で口を開いた。

「で、どうなの？　忍足先輩との仕事は」

「そもそもさ！　なんでＫＡＧＡＭＩの件、忍足法律事務所自体を紹介したの！　しかも担当弁護士、忍足先輩なんだよ!?」

「だって、あの時、彩果いいって言ったじゃん」

「言ってないよ！」

（言ってない、よね？）

あの日は酔っていたので不安は残る。

麻衣はニィッと口角を上げた。

「まさかさらに忍足先輩と一緒に仕事することになってるなんて予想外だったわぁ」

「私も予想外だよ」

一緒に仕事をし始めて一か月。

高校時代の話を言い出せぬまま一か月も経ってしまった。

「先輩、高校が一緒だったって気づいてないの？」

「分かんない。でも、そんな話は一切しないの。とにかく毎日髪を巻いて、伊達メガネをかけてはいるんだけど」

「いや、それ変装の意味ないでしょ。名前で分かるし、依頼でも会ってるんだし」

「そう思うんだけど。先輩から何も言ってこないから私からも何も言えなくて」

「それで昔話一つせず、ただ毎日一緒に仕事してるだけなんだ？」

麻衣の問いに首を縦に振った。

不自然だが、実際に働いてみるとプライベートな会話をする暇は一切なかった。

すっかり慣れた柴田さんの口調同様、まくし立てるように伝えてしまう。

「それがさ……スケジュール分刻みなの。いや、秒刻み！　でも、先輩、飄々《ひょうひょう》と全部こなしてるの！　顔色一つ変えないの！　先輩は私のことに気づいてるのかなって考えてる暇すらないの。なのに──」

「なのに？」

「クライアントが悩んでたら、スケジュールをずらしてまで相談を受けてるんだ」

──狡《ずる》い。

そんな場面を目にするたび、考えてしまう。

（いっそ冷たい人であれば──）

と考えはじめて、頭を振ってその考えをかき消した。

麻衣はにっこり笑う。

「へぇ。やっぱり今も優しいんだ」

「……そうみたい」

高校時代だって、最初の印象は冷たい人だった。だけど、実際は優しくて惹《ひ》かれた。

麻衣が思い出したようにテレビをつける。木曜夜のニュースが始まったところだった。

夜のテレビ局へは先輩一人で向かうか、時々柴田さんが行きたがって一緒に行っていて、私の出る幕はなかった。

基本的に、私や柴田さんは早めに帰れるように配慮してくれている。

だからこそ、こうしてプライベートな時間もしっかり持てる。KAGAMIの事務所を片づけ、ハジメの情報を集めながら、親友に会える時間もあるのは、上司でもある先輩の配慮のおかげだ。

テレビに目を向けると、先輩はトップニュースでコメントを求められ、真面目にコメントしていた。

テレビの中でも、仕事中の先輩と全く変わらない。

（でも、いつの間にかすっかり見慣れたなぁ）

先輩と再会するまではテレビの中の彼を見ることすらできなかったのに。

ついボーッと見とれてしまっている私に麻衣が息を吐いた。

「そういえば、引っ越しはどうなったの？」

「したんだけど……」

私はつい先週、事務所所有のマンションに引っ越した。

そしてまた問題に出会ってしまう。

「だけど？」

「それが、先輩の部屋が隣なの」

この部屋しか空いていないと聞いて、替えてもらうわけにもいかなかった。

とはいっても、先輩は帰りも遅く朝も早いので、顔を合わせるタイミングは引っ越してから一度もない。こちらからはできるだけ避けている事情もある。

麻衣は声を弾ませる。

「隣ってすごいじゃん！　もう〝運命〟じゃん！」

「運命って何よ。運命なんて存在しないって」

「彩果、そういうとこだけやけに現実的よね」

実は昔は、人一倍、運命って言葉には憧れがあった。

でも、両親が事故に遭ってから運命と言われるのが嫌になった。事故に遭ったことまで運命なら、運命なんていらない。

隣に先輩が住んでいたって運命なんかじゃない。ただの偶然だ。

「そもそも事務所所有だから事務所の人しか住んでないんだよ。先輩の隣の部屋に、独身でパラリーガルの柴田さんも住んでるから、その運命理論でいけば、柴田さんと先輩も運命になるじゃん。何より、先輩は既婚者。私だってハジメと付き合ってる」

「失踪してもう二か月近く何の連絡もなしでしょ？　そんなの付き合ってるうちに入らないわよ」

麻衣はピシャリと言って、窺《うかが》うように続ける。

「隣なのもそうだけどさ、一緒にいて真摯に仕事をしている姿を見たら、また好きになっちゃったりしないの？」

「不倫を推奨しないでよ！　……実はさ、私は先輩が結婚してるって分かって、安心した部分があるんだ」

「安心？」

麻衣の問いに私は一つ頷いた。

「私のせいで先輩が女性不信になって、結婚できてなかったら申し訳なかったよ。ほら、先輩って恋愛より結婚って感じだったし、そのための人生設計も完璧だったし」

「告白した友だちも『誰とも付き合うつもりはない』って豪語されたって言ってたな」

「だよね……。『恋愛は自分の人生には全く必要ない』って言ってるのを私も聞いた。でも大人になってみるとさ、結婚できるって先に確定してるからこそ安心できる女性ってたくさんいると思うんだ」

高校生の私に理解できなかった先輩のライフプランは、大人になって思い返せば、相手のことを考えたプランだったのかもしれない。

周りの友人は大人になるにつれ、『付き合ってる相手が結婚する気があるのか？』『将来をどう考えているか？』と不安を抱えている子が多かったから。

彼氏が考えている未来がはっきり分かれば安心する場合もあるのだろう。

彼が女性不信にもならず、普通に結婚してくれていたのはホッとしたのだ。

「もし先輩が結婚してるって知らなかったら、私はもっと合わせる顔がなかったと思うから」

「そっか……。やっぱりこの方法でよかったんだ。さすが先輩」

麻衣はポツリと呟《つぶや》いた。

「ん？」

「いや、なんでもない。とにかく、あんたはこのままでいいの？」

麻衣はズバリと聞いてきた。そして続ける。

「先輩との仕事、楽しいんじゃないの？　さっき話してるのを聞いてたらよく分かった」

「うん……楽しい。できればずっと続けたいくらい」

法律用語は難しいし、もちろん失敗もするけど、仕事は辞めたくない。

固いだけかと思っていた業務内容も、多岐にわたっていて結構おもしろい。

柴田さんも親切だし、上司としての先輩も尊敬できる。私にはかなりいい職場だ。

「なら余計に、ずっとこのままってわけにはいかないでしょ。一度、ちゃんと謝りなよ。本当は、ずっと謝りたかったんじゃないの？」

麻衣が私の気持ちを見透かすように言い、私は少しして頷いた。

今更謝っても許してもらえないかもしれない。でも、逃げてばかりは自分の性に合わない。

「うん、そうだよね。次に会ったら謝る」

「先輩だって鬼じゃないんだし。ちゃんと謝れば許してくれるよ！」

本当に麻衣の言う通りだと納得した。

深夜、麻衣の部屋から戻って自分の部屋の鍵を開けたところで、ちょうど帰ってきた先輩に遭遇した。

「うひゃっ！」

先ほどまで話題に出ていた相手だったのも、少し酔っていたのもあって変な声が出てしまう。

（いくらなんでも会うのが早すぎる！）

しかも今は油断して伊達メガネもない。

相変わらずどんな場面でも表情が全く変わらない先輩が先に口を開いた。

「お疲れ様」

「お、お疲れ様です」

時計を見ると、十二時を回るところだった。

もちろん彼は呑んで帰ってきたわけではない。だってテレビでさっき見た。

「あの、テレビ見ました。結構終わってすぐに帰れるんですね」

「あぁ。打ち上げなどは遠慮している」

明日も仕事があるからこそだろう。

暢気に友人宅で呑んで帰ってきてしまったのが申し訳ない。

「あの……いつも先に帰ってしまってすみません」

先にそれを謝ると、先輩は首を傾《かし》げる。

「君の業務は終わっただろう。帰ることの何がいけないんだ?」

「先生はまだ仕事があったのに」

「この業務は君との雇用契約に入っていない。だから君は帰っていい。当たり前だ」

ピシャリと言われ、「はいっ」と返事をした私に、先輩は少し考えて加えた。

「君は君の仕事をきちんとこなしているんだ。誰も文句なんて言うまい」

「ありがとうございます」

狡いと思うのは、こういうところだ。

高校の時もこういう発言に絆《ほだ》された。今はそれに磨きがかかっている気がする。

そのせいで、私は上司としての先輩をすでにかなり信頼していた。

じゃ、と先輩が部屋に入ろうとする。思わずその腕をつかんでいた。

思った以上に逞《たくま》しい腕にドギマギし、慌てて離した。

「あの、少しだけお話ししてもいいですか?」

「なんだ?」

疲れて帰ってきた先輩に立ち話で謝るのは気が引け、つい言っていた。

「よければうちに入ってお茶でも——」

「遠慮しておく」

しかし言い切る間もなく断られた。

(すでに気まずい!)

青くなっている私の顔を見ながら先輩は首を傾げた。

「ここでは言いづらい話か? 明日、事務所ででもいいぞ」

「いえ、今ここで。あの、ずっと言おうと思ってたんですけど――」

「あぁ」

(どうしよう、緊張してきた)

でも、今言わないと、もう一生言えない気がした。

(めちゃくちゃ今更だけど、お酒の力も借りて言うしかない!)

意を決して顔を上げる。

しかし、先輩の顔を見るとやけにドキッとしてしまって、反射的に顔を下げた。

そのままさらに頭を下げる。

「申し訳ありませんでした!」

勢いあまって、マンションの廊下に声が響いてしまった。

誰も出てこなかったのが唯一の救い。

先輩が何か言ってしまうと、もう続けられなくなると思い、必死に続ける。

「実は私、忍足先輩と高校が一緒だった麻宮彩果なんです! 先輩の卒業の日にプロポーズされた!」

「あぁ、もちろん知っている」

「へ?」

驚いて顔を上げた。

先輩は心底不思議といった顔でこちらを見ていた。

「気づいていたんですか」

「当たり前だろう？　なぜ気づかれていないと思った」

「だって何も言われなかったから」

私の言葉に、彼は息を吐いた。

それが怒っているようにも思えて泣きそうになる。

「もしかして何も言わなかったのは怒ってたからですか？」

「なぜ、俺が怒らねばならない」

「だって……私、先輩に怪我させたんですよ？　それ」

思わず先輩の額を指さした。彼は気づいたように左額を手で覆う。

「あぁ」

「それずっと気になってて」

「あの時、気にするなと言ったはずだ」

言いながら、先輩は本当に全く気にしていなさそうな顔をしている。

（そんなわけにいかないでしょ！）

また、勢いよく頭を下げた。

「本当に申し訳ありませんでした！　あれから私、先輩にきちんと謝れないまま、ずっと気になってて。なのに会いにも行かなかった。直接、謝る勇気が出ませんでした。それなのに依頼者として会って、さらには同じ職場になって、それでも謝れなくて」

先輩が黙り込む。その沈黙すら怖い。

私はドキドキしながらも続ける。

「気づいてないならそのままにしてしまいたいと思ってました」

「それなのになぜ言った？」

「だって、できればずっと忍足法律事務所で働きたいと思ったから。先輩のもとで」

この件にケリをつけなければ、このままずっと一緒に働き続けるのは難しいと思った。

「本当に最低なことをしました。許してくれなんて言いません。でも、私はまだ先輩と一緒に仕事をしていたいんです。先輩は迷惑ですか？」

何かを思い出したように、先輩の顔がゆがんだ。

（だめと言われたら諦めるしかない。怪我をさせられた先輩の気持ちが一番だから）

そう考えていた。

しかし突然、先輩は私の腕を引き、自分のもとに引き寄せる。

「わっ！」

勢いあまって、先輩の胸元に顔がぶつかった。

「ふぁっ!?」

「どうして君はまた……！」

何を言ったのか分からなくて顔を上げれば、少し困った顔の先輩がそこにいる。

「先輩……？」

「急にすまなかった。もし、あの時の事故をそこまで気に病んでいるなら、これからも俺の秘書を続けてくれ。先ほども伝えたが、君は君の仕事をきちんとこなしている。俺は君の仕事ぶりを評価しているんだ」

耳元に先輩の穏やかな声が響く。それだけでどうしても心臓の音が落ち着かない。

先輩はその後すぐ私の腕を放して自分の部屋に入っていった。

しかし、私の心臓はバクンバクンと大きな音を立て続けていて、その夜ずっと落ち着かなかった。

先輩の仕事部屋の入り口の扉は腰より下が擦りガラス、上は透明だ。

少し距離のある私のデスクからは、電話をしながら席を立った先輩の顔がよく見える。

今、かかってきている電話は、例の東條グループの中の一つ、東條建設の社長から。

マンション建設予定地の周辺に、住民の抗議団体ができて日照権を理由に建設反対運動をしているらしい。顧問弁護士になった先輩が対応するようだ。

電話で話している先輩を、つい横目で確認してしまう。

(昨日のあれはいったい何だったの?)

許してもらえたのはよかったけど、急に腕を引かれたのには驚いた。

なんだか様子が変だった。

(あれ、絶対、既婚者がやっちゃダメなやつだよね?)

ギュッと抱きしめられたわけではないが、腕をつかまれて、あんな近くで話されるなんて。

顔がぶつかっただけだけど、先輩の胸の逞しさを感じてかなり心臓に悪かった。

考えるだけで、またそわそわしてくる。

その時、ちょうど柴田さんが入ってきて、「先生に見とれちゃってぇ」と笑った。

「み、見とれてません!」

思わず声が大きくなってしまった。

柴田さんははっきりと言う。

「僕はいいと思うけどな。堅祐先生」

「それはどういった意味でしょう？」

「え、堅祐先生と麻宮さんってお似合いだよっていう意味なんだけど。付き合っちゃえばいいのに。そうすれば先生ももう少し柔らかくなるだろうしね」

（法律事務所の職員が不倫を推奨するなんて、ダメ、絶対！）

思わず声を荒らげてしまう。

「堅祐先生、ご結婚されてるでしょう！」

「結婚？」

「だって」

私は自分の左手の薬指を指さす。柴田さんは、あぁ、と何度も頷いた。

「あの指輪はただの女除《おんなよ》けだよ」

「えぇっ！」

さらに柴田さんはシーッと指を口元にあて、顔を近づけてヒソヒソ声で言う。

「指輪してたら結婚してるのかって聞かれることもないしね。秘密だよ」

「なんで言っちゃったんですか！　それ、きっと秘密にしていた方がいいやつですよね」

女除けとして指輪をはめているなら、女性の私に言ってはいけない気がする。

だけど、柴田さんは考え込むように顎に手をあてた。

「んー、大丈夫大丈夫。堅祐先生も怒らないだろうしさ」

「普通に怒られますよ。下手したら切腹させられますよ」

昔からルール違反には厳しい先輩だ。

それが分かっているのか柴田さんも一瞬顔を顰めた。

「う……だ、大丈夫だよ。たぶん」

「ほら、自信がなくなってきてるじゃないですか」

「でも、なんだかね、麻宮さんは違う気がするんだ。二人付き合っちゃえばいいっていうのは僕の願望」

「いや、そもそも私、彼氏いますから」

どちらにしてもハジメがいる。

失踪してしまったけど、別れてはいない、と思う。

「えぇっ！　嘘、聞いてないよぉ！　誰!?」

「なんでわざわざ言わなきゃならないんですかっ」

きっぱり言ったその時、内線が鳴った。ちょうど次に打ち合わせする予定のクライアントが来たという連絡だった。

応接室に、兵頭本堂《ひょうどうほんどう》の兵頭直道《なおみち》専務をお通しする。

年代としては尊さんと同じくらい。白髪交じりの頭に中肉中背で、顔は少し丸くいつも和装だ。

兵頭本堂はもともと和菓子の店だったものの、二年前にチョコレート菓子を作って大ヒット。今やバレンタインには売り切れ続出。お土産物屋さんでもよく見かけ、社屋も大きくしたばかりの会社だ。

そのヒットの時に頼み込まれ、忍足法律事務所と顧問契約を結んだという。

「忍足先生は?」

「申し訳ありません。電話が長引いておりまして」

さっきの様子だともう少し長引きそうだ。

本来なら早めに相手方に連絡するのだけど、兵頭専務も二十分ほど早く来るタイプで、電話のタイミングも少し悪かった。

給湯室からお茶とお茶菓子を出す。

（少しでもうまくつないでおければいいんだけど）

昨夜は引き寄せられたのにも驚いたけど、『君は君の仕事をきちんとこなしている。俺は君の仕事ぶりを評価しているんだ』という言葉をもらえたのは素直に嬉しかった。

ここにまだ置いてもらえるなら、先輩にも事務所にも迷惑をかけないように頑張りたかった。

専務が思い出したように話し出す。

「実はね、来年度以降の顧問先を考えなおそうとしているんだ」

その言葉に、キュッと肝が冷える。

「それは、顧問弁護士が忍足ではなくなる、というお話でしょうか」

「そうとは決まっていないよ。でもちょうど契約期間も切れるころだからね。経営者側の立場として他も含めて考えなおすのは当然だ」

「…………」

顧問先の変更はない話じゃない。

だけど、誰より真摯に対応している先輩よりいい弁護士はいないとも思う。

（もし突然顧問契約を切られたりしたら、先輩はどう思うだろう？）

悶々《もんもん》と考えていると、兵頭専務がじっと私を見つめていた。

「麻宮さん。今夜、食事でもどう？」

「食事？　今夜でございますか」

「あぁ。お肉、お魚、何でも好きなのおごるよ」

なんとなく嫌な予感がして兵頭専務を見ると彼はサラリと続けた。

「その後泊まってもいいしね」

「それはどのような意味で――」

「兵頭専務」

突然低い声が降ってきた。

約束の時間を時計が指していて、先輩が入ってきたところだった。

先輩は眉を大きく寄せ、地を這《は》うような低い声を出す。

「私の秘書にそのようなお誘いをされては困ります」

すさまじい迫力にこちらまで押されて絶句してしまった。

（先輩、なんて怖い顔してるの！）

兵頭専務も少し驚いた顔をしたけれど、眉を寄せて返す。

「私も独身で、大人同士の話だ。そんなに目くじらを立てなくてもいいだろう」

「そうはまいりません。部下を守るのも私の使命です」

「私から守るとはどういうことだ。私が危ないということか！」

兵頭専務の声が大きくなり、それに比例するように先輩の眼光も鋭くなる。

室内に雷と猛吹雪の幻影が見える。

（マズイ！　先輩、すっごい怒ってる！　兵頭専務も！）

ただ、先輩や事務所に、兵頭専務の怒りの矛先を向けられるのだけは嫌だった。

結論が出るより先に身体《からだ》が動いていた。

次の瞬間、私は兵頭専務に向かって深くお辞儀をしていた。

「申し訳ありません‼」

突然の謝罪に、ヒートアップしかけた二人が私の方を見た。

（よかった。言い合いは止まった！　次はどうしよう？　ええい、ままよ！）

ガバッと頭を上げ、兵頭専務をまっすぐ見つめる。

「実は……私、堅祐先生とお付き合いをさせていただいているんです！」

隣で先輩が息をのんだのが聞こえた気がしたけど続けた。

「だから先生も少しきつい言い方をしてしまったんだと思います」

「え、堅祐先生って結婚してるんじゃ――」

(わ、忘れてた！　先輩、指輪して結婚してるアピールしてたんだ！)

確かめるように兵頭専務の視線が先輩の左手に落ちた。

もちろん指輪ははまったまま。

——指輪してたら結婚してるのかって聞かれることもないしね。

柴田さんの言葉を思い出す。

(たぶん、結婚してるって直接言ってないはずだよね？)

とにかくそのまま押し通すと決める。

ぐいっと先輩の左手を取って、勢いよく指輪を指さした。

「これですか？　いえ、これは私が他の女性に取られるのが嫌だからはめてもらってるだけなんです！　私って実は独占欲がものすごく強くてめちゃくちゃ重い女なんです。これからどうにかして結婚してもらう予定なんです！」

柴田さんよろしくマシンガントークで話し続ける。焦りからか汗も言葉も止まらなかった。

兵頭専務はポカンとした顔をしてこちらを見ている。

「でも本当に、まだ誰にも言ってないんです。もちろん所長にもお伝えしていません。だからまだ秘密にしていただけませんか？　兵頭専務は信頼できる方だと感じているのでここでお話ししておこうかと思ったんです。すみません、失礼を承知でこんな無茶なお願いをしてしまいまして」

「……そ、それはもちろん」

少したじろぎながら兵頭専務は頷いてくれた。

私は安堵《あんど》して、再度頭を深く下げる。

「よかった。ありがとうございます！」


その後、兵頭専務とは温和に話が進んだ。

話が進みすぎて打ち合わせが終わった時には七時を過ぎていたくらい。

兵頭専務は、最後は笑いながら先輩の肩を叩いて「これからもよろしく。後、これだけ思われてるんだから早く結婚してあげろよ」と言って帰っていった。

そんな専務を、二人で頭を下げて送り出す。

顧問契約も無事継続できそうな気配だ。

（よかった。よかった、けど……！）

専務が帰ってからすぐ、隣にいる先輩に深く頭を下げていた。

「本当に申し訳ありません！　私、最低な嘘をつきました！」

絶対にもっといい言い訳があっただろう。

さすがにあの嘘はひどい。

「あんな嘘しか思いつかなかった自分をぶん殴りたいです」

「それはやめてくれ」

「あの……実はさっき柴田さんにお聞きしたんです。その指輪はフェイクだって」

先輩の左手の薬指を指さした。

彼は少し悩んだ後、「あぁ」と頷く。

「だから、ついあんなふうに言ってしまいました。でも先生を巻き込んでしまった形になりましたよね。ホントに申し訳ないです」

反省しきりで下げ続けている頭上から、ふっ、と微笑んだ気配がした。

驚いて頭を上げるなり、先輩は優しい声を出す。

「いや、全てこちらの不手際だ。麻宮さんには怖い思いをさせてしまった。申し訳なかった。後はこちらでどうにかする」

私が巻き込んだのに、先輩にまで謝られると余計に自分がダメな人間に思える。しかも尻拭いまでさせるなんてあり得ない。

かといって、私だってこれからどうすればいいか、いい案は思いついていない。

「先生はやっぱり結婚してたと話を戻さないと色々影響出ますよね。周りが結婚してるって思ってるなら余計に」

「大丈夫だ」

「それで、後になって私と別れたとなったら、先生は既婚者なのに女性を騙《だま》してた悪い人になりますよ？」

「別にそう思われても何も問題はない」

私は青ざめているのに、先輩はあっさり言った。

——そう思われれば、兵頭本堂の顧問契約はばっさりカットされますよ!?

と言いたかったけど、その話は私しか知らないから言えなかった。

「絶対にダメですよ！」

「もういい、気にするな」

「いえ、やはり今から謝ってきます！　私が先生を大好きすぎて妄想してしまったヤバい人間って話にしてきます！」

「秘書にそんな謝罪をさせるくらいなら俺が弁護士バッジを外す」

「なんで!?　先生、絶対辞めちゃだめですよ！」

（バッジまで外すとか、責任感がありすぎて怖い！）

人生設計完璧なくせに、突拍子もないことを言わないでほしい。

しかも顔はマジだ。

私が悪者になれないなら、どうしても先輩が悪者になるしかない。でもそれだけは嫌だった。

先輩が結婚していないのは事実だ。

(こんなことならいっそ――)

「じゃあ、いっそ本当にするとか？」

「……え」

先輩が明らかに固まる。驚いたまなざしでこちらを見つめていた。

(あれ？　これじゃ私、付き合おうって言ったも同然じゃない？)

意味に気づいて、顔が一気に熱くなった。

「あ、あの、申し訳ありません！　そんなつもりは――」

否定しかけた時、突然右手首を取られた。

驚いて見上げれば真剣なまなざしの先輩がいる。

「本当にしてもいいのか」

「えっ。あ、あの、ダメですよ！」

「なぜだ」

問われて、頭の中がぐるぐる回る。

二人とも独身だし、何の問題もない。

(いや、違う！　私にはちゃんと問題が存在してた！)

顔が熱いまま、叫ぶように口を開いた。

「私、彼氏がいます！」

「加賀美一か」

先輩はしっかり覚えていたようにその名を告げた。

右手首をつかんでいる先輩の手に力がこもる。痛みにほんの少し我に返る。

「は、はい」

「借金を残して失踪して二か月何の連絡もなしの男をまだ彼氏だと言っているのか？　いつまで待つ気だ？」

思わず見上げた先。先輩の真剣な瞳と視線が絡む。

先輩といるとハジメの存在を忘れかけているのまで見透かされそうで、無理に視線をそらした。

「そんなの分かりません」

「今、決めろ。君の言葉を本当にするかどうかを」

先輩にしてはずいぶん急いでいる言葉だと思った。

彼はいつでも冷静沈着で、一つの事案が片づくまでは先に進まないタイプの人だから。

先輩らしくない様子に、思わず聞いていた。

「先生は、どう思いますか？」

「俺は本当にしたいと思っている」

彼の力強い言葉に自分の中の何かのスイッチを押された気がした。

頭で考えるより先、私の左手は先輩の背中に回っていた。

元カレとも経験があるし、何も知らないほどウブじゃない。

だけど、そのまま先輩に手を引かれ連れていかれた都内のラグジュアリークラスのホテルの一室に入った時には、なぜか初めての時以上に緊張していた。

つい、いつもより早口で意味のない話を始めてしまう。

「こんな広い部屋、初めて。住めちゃいそうですね！　わ、こんな感じなんですね。テレビでしか見たことないで……んっ！」

しかし、最後は顎を持たれ、引き寄せられて強引なキスに阻《はば》まれた。

高校の時もしなかった先輩とのキス。

先輩の唇は冷たいのかと思っていたら、燃えるほど熱かった。

その熱がこちらにも移ってくるようだ。

「ふぅっ……」

視界がぼやける。

心臓がドクドクとうるさくて、彼にこの音が聞こえているんじゃないかと不安に思う。キスだけで恥ずかしいくらい余裕がない。

（キスって本当にこんなのだっけ？　これまでと全然違う）

考えていると急に舌が口内に入り込む。歯列をなぞり、奥から舌を絡めとる。吸い上げる。

何とか鼻で息をしながら、必死にそのキスに応じていた。

（頭も身体もふわふわしてどこかに飛んで行っちゃいそう）

少し怖くなって彼のスーツの背をつかむ。

彼はクスッと微笑んで、さらにキスを続行する。

息つく間もなく何度もキスを交わして、一瞬唇が離れた時、急に寂しく感じた。

「もっと」

言った途端にまた唇が重なる。

余裕のないガツガツしたキス。少し歯が当たって、それで気づいたかのように一瞬また離れて。今度はゆっくり優しく口づけられる。

そのまま耳たぶに唇が移動し、キスを無数に落としながら固い指先は首筋をなぞる。ゾクゾクと肌が粟立《あわだ》った。

「もう止められないからな。逃げることは許さない」

脚から崩れ落ちそうになった時、抱き上げられ、そしてベッドに沈められた。

五分もしないうちにお互い何も身に着けずベッドの上。

見上げた天井と交互に、初めて見る裸の彼の上半身。その男らしさに眩暈《めまい》がした。

反対に自分を見られるのが無性に恥ずかしくなってしまった。腕で自分の胸を覆う。

「隠すな」

「恥ずかしいからっ」

「全部見せろ」

隠していた腕を取ってベッドに縫い付けられる。

先輩の視線がじっと自分の身体に注がれているのを感じるだけで泣きそうになった。

「綺麗だ……」

呟くように言って、鎖骨からキスを落とされていく。

ゆっくり、まるで宝物でも扱うように。

その動作が焦《じ》らされているふうに感じてしまい、いつの間にか脚を擦り合わせていた。無意識だったがこれも初めてだった。

彼はそれでもなお、確かめるように、ほぐすように、丹念に身体を開いていく。

途中で待ちきれなくなって、早く最後までしてほしいと懇願していた。どうしてもすぐに欲しかった。

なのに先輩はそれはだめだと冷たく告げて、その言葉の冷たさとは裏腹の熱いキスを髪の先や指先まで余すことなく落としていく。

やっと一つになれた時には、意味も分からず泣いていた。

彼は私を揺さぶっていて、私は彼の背中にギュウッとしがみついたまま。

「どうしよっ」

「こういう時、ほんとかわいいんだな。知らなかった」

耳元で本当に嬉しげに彼が笑う。

その声だけでさらに深くまで彼が欲しくなった。

「先輩、もっと」

思わず呼んでしまうと苦笑しながらさらにキスをされる。

「名前で呼んでくれ」

「堅祐さん」

「そうだ。今、君を抱いているのは俺だ」

言いながら彼は私の頬に手をあて、じっと瞳を見つめる。

「彩果」

彼が私の名を呼ぶ。

——そうか、私、ずっとこの人に名前で呼ばれたかったんだ。

それが分かると彼の背中に回した腕にさらに力がこもった。

三章　初めての後悔と再生

――私は最低な人間だ。

深夜、先輩の逞しい腕の中で青ざめていた。

ハジメとちゃんと別れていないまま、先輩と身体の関係を持ってしまった。

しかも、初めてセックスで心も身体も満たされるものだと知った。時間も忘れて夢中で抱き合ってしまった。

(途中ハジメのことが頭から完全に抜けていたなんてさらに最悪。今更、すごい罪悪感なんですけど)

ふいに目を開いた先輩が私の髪を優しく撫《な》でる。

「大丈夫か？　無理をさせただろ」

「大丈夫です。あの……もう帰ります」

(とりあえず落ち着くためにも一人になりたい)

起き上がった私とほぼ同時に、先輩も身体を起こす。

そのままベッドの上で腕をつかまれ向き合わされた。

「ちょっと待ってくれ」

「あの、昨夜の件は――」

――忘れてください。

そう言おうとしたところで、先に先輩がはっきり告げた。

「俺と正式に付き合ってほしい」

先輩の声は真剣そのものだった。

一夜を過ごした後の彼の言葉に胸が熱くなってしまう。目頭まで熱くなった。

「だめか？」

「わ、私、彼氏がいます」

何とかそれだけ言い放つ。

言ってみたけど、目の前の人に心惹かれているのはもうごまかせないほどの状態だ。

先輩は冷静に話す。

「昨夜、別れると決断したから抱かれたんだろ」

「ち、違います！　それに私だけが決断しても、合意しないと意味ないですよ」

誰かと付き合ったのはハジメが初めてだった。つまり必然的に別れるのも初めて。

（別れる時ってちゃんと直接話して別れるものでしょ？）

それは真面目な先輩こそ言いそうな言葉なのに、彼の方が眉を寄せた。

「普通失踪の宣告は七年待たないといけない。七年も待つつもりか？」

「勝手にハジメを死んだことにしないでくださいっ」

失踪宣告は、私も最近勉強したばかりの言葉だった。行方不明になって七年、または、事故や震災でいなくなった場合は一年経った時、法律上、行方不明者を死んだことにする制度だ。

それによって財産相続や婚姻関係の解消などが可能になる。家庭裁判所に申し立てて宣告してもらうもので、基本的に利害関係のない人間からは申し立てができない。

つまり、私は申し立てできないし、もしできても効果は七年後というわけだ。

ハジメはどこかで元気に生きていて、こちらには連絡を取るつもりがないっていうのは、頭では理解できる。

だからこそ先輩と寝て、心は大きく動いた。

これから先、また自分の心は動くのだって分かっている。

「でも、ハジメとは五年も一緒にいたんですよ」

恋愛として好きかは途中から分からなくなっていたけど、家族愛みたいな感情は残っている。

だからこそ、ハジメとはちゃんと別れたかった。せめて話し合う気すらないと納得したかった。

先輩は真面目な顔で少し考え、口を開く。

「なら交際は関係なく、プライベートで友人として会ってくれというのもダメか？」

「え？」

「もともと顔見知りだし、時々食事や映画、買い物をして話すだけでいい。それ以上は絶対にしない」

（告白からの振り幅が大きすぎない!?）

思わず耳を疑ってしまった。しかし先輩の表情は真面目で本気だ。

「それだけ？」

「あぁ」

会うくらいならいいのかな。先輩は結婚していないわけだし。

（しかも、私も会いたいと思っちゃってる）

返答を考える前に頷いていた。

「よかった。よろしくな」

優しい微笑みを向けられ、手を差し出される。

先輩の手をおずおずと握った。

手を握るだけで心臓がまたドキドキと大きく鼓動する。

（昨日はこれ以上のことをたくさんしてたのに変なの）


土曜の今日、麻衣とランチをする約束を思い出して、先輩より少し早めにホテルを後にした。

坂の上に新しくできたカフェは、景色がよくておいしいと評判だから行ってみようと誘われていたのだ。

向かっていると、坂の上から涼しい風が下りてきて、熱くなっていた身体を冷やしてくれる。

ハジメがいなくなって、まだ二か月。

せめて酔っていれば言い訳の一つにでもなっただろうけど、二人ともしっかり素面《しらふ》だった。単純に抱かれたかったんだと結論が出てしまう。

（でも、これからは友だちだしもう身体の関係にはならない）

考えればやけに胸がぎゅう、と締め付けられる。

自分からこれ以上の関係を断ったくせに、私は何を残念がっているのか。

「彩果！　こっちこっち！」

麻衣の明るい声に顔を上げた。彼女はテラス席にいた。

テラス席が五席、中には十席ほどあったが、すでに全て予約で満席だ。

ちょうどきた店員さんにランチを頼む。今日の日替わりランチはキッシュで、二人ともキッシュ一択だった。

「ごめん、少し遅れたよね」

「ううん、別に五分も遅れてないじゃない」

麻衣がこちらを見て、それからじっと私の首元を見たと思ったら頷いた。

「彩果が遅刻は珍しいと思ったけど……そういうことね」

「何が？」

麻衣は私の首元に指先を向ける。

「これ、虫刺されじゃなくてキスマークでしょ。結構きつくしないとそんなはっきりつかないよ」

「えっ……！」

慌てて首元に触れる。触れたところであるのかどうか分からない。

とはいえ昨夜の出来事を思い出せば、キスマークがあっても全く不思議でない。

麻衣は待ちきれないといった様子で聞いてくる。

「相手、忍足先輩でしょ！」

「な、なんでっ？」

「だって、それしか考えられないよ。既婚者じゃなくてよかったね！」

麻衣にごまかしはきかないようだ。諦めて素直に頷いた。

「うん、既婚者じゃなかったのはよかったけど。って、既婚者じゃなかったって麻衣に話したっけ」

「いや。ほら、彩果がしたなら、既婚者じゃなかったのかなって思っただけだよ」

私はずいぶん信用されているみたいだ。

麻衣は目をランランとさせ、ズイッと身を乗り出す。

「で、どうだったの？」

「今までの自分なら考えられないんだけど、なんていうか、もう一回したくなるくらい、その……」

口ごもる私に麻衣はサラリと言う。

「よかったんだ」

思わず吹いてしまった時、ちょうどランチがきた。

（今の会話聞かれてなかったよね？）

恥ずかしさにうつむいたが、さすが店員さんはプロで顔色一つ変えずにプレートを置いて戻っていった。

麻衣はランチを食べ始めながら気にせず続ける。

「彩果さ、ハジメくんは好きだけど、セックスは好きじゃないって言ってたじゃん」

「そういえばそうだったね」

確かに何年か前、そんな話をした気がする。

五年も付き合っていた割に、セックスをした回数は片手の指程度。

記念日などでどうしてもっていう時は、何とか我慢してこなしていた。

ハジメもどんどん誘ってこなくなって、もちろん自分からも誘わず、最後の三年間はなんとゼロ回。

麻衣は興奮気味に言う。

「ってことは元カレと全然違ったんでしょ！」

「う、うん。っていうか元カレじゃないよ。今も付き合ったまま」

「何回言うのよ。もうあんなの元カレだって！」

はっきり吐き捨てる麻衣の発言に、返す言葉もなかった。

「で、これから先輩とはどうするの⁉　もちろん付き合うんだよね？」

「ハジメのこともあるし、付き合うのは難しいから友だちにって」

「セフレ⁉　普通に付き合いなよ！」

「そういうのじゃない普通の友だちだよ！」

身体の関係なんてこれ以上もてるわけない。本当は一回でもダメ。

しかも恐ろしいことに、もう一回したら、絶対に次もしたくなる確信まである。

麻衣は深く息を吐いた。

「私ね、身体の相性がいいって、結局相手がこっちをよく見てるかどうかなんだと思うんだよね。独りよがりのやつは絶対相性がよくはならないよ。きっと先輩ってさ、彩果をよく見てるんだよ」

「………」

経験はたった二人だけど、麻衣の言葉には納得してしまう。

確かに昨夜、彼はこちらの反応を何度も確認していたのだ。

やけに視線が合って、それがまた恥ずかしかった。

麻衣は嬉しげに、ふふ、と笑った。

「心当たりがあるんでしょ。きっと、先輩は彩果の喜ぶ顔が見たかったんだね」

「そうなのかな」

昨夜を思い出すと胸の奥がきゅっとなる。

さっきまで一緒にいたくせにもう一度先輩の顔が見たくなる。

「彩果もちゃんと好きになってきてるのね。よかった」

嘘でも『そんなことない』って返せないのは、結局もう彼に心が動いているからなんだろう。


次の金曜の夜——。

「わぁ、え、人すくなっ！　あれ？　少ないって言うか、いない!?」

横を見上げると、先輩が頷く。

そこは観覧車がトレードマークの遊園地。夜は観覧車がライトアップされていて、遠くで見るのも綺麗だけど、近くで見るとその存在感は圧巻だ。

「遊園地、好きだっただろ」

「覚えてたんですか」

「乗り物に乗りすぎて酔ってたよな」

高校時代、文化祭の実行委員をして、文化祭後の打ち上げで生徒会も含めたみんなで遊園地に行ったことがあった。

私はその時、嬉しくて次から次に乗り物に乗った。しかし結局、乗り物酔いしてしまい、先輩がスポーツドリンクを差し出してくれたのだ。

(そんなの、今思い出したよ。先輩、覚えてたんだ)

胸がトクンと音を立てる。

先輩の物覚えがいいだけって分かってる。だけど、あの時の出来事を覚えてくれていた事実が嬉しくないわけはない。

(あの時には、もうとっくに好きになってたなぁ)

考えていたその時、突然、ピンクのウサギの着ぐるみが隣に立っていた。

「わっ！　ウサギ!?」

「本日は二時間貸し切りにしておりますのでゆっくり遊んでいってください」

ウサギの声は、ウサギらしからぬ低いおじさんの声だった。

ハスキーボイスなウサギは続ける。

「私はここの園長です」

「園長……ですか」

ウサギの園長はシュールだけど、いい人そうだ。

先輩が頭を下げた。

「今日はありがとうございます」

「いや、ずっと恩返しできる時を待っていたんですよ。このくらいならいくらでもおっしゃってください」

ウサギ、いや、園長は先輩の手を強く握る。

「ありがとうございます」

先輩はまた深く頭を下げる。私も続いて頭を下げた。

それから二人でジェットコースターまで移動する時に、先輩に聞いてみる。

「何か助けたんですか？」

「ここを再建する時に少しだけ」

少しと言ったけど、こんなことまでしてくれるなんて少しだけではないだろう。

考えていると、先輩は目じりにしわを作って言った。

「今日は乗り物酔いしないように、ゆっくり乗ろうな」

（その笑顔、狡くないですか!?）

思わず叫び出しそうになった。

貸し切りの遊園地で一時間半遊び、最後は先輩の勧めで観覧車に乗った。

全長百メートル以上ある観覧車は、一周するのに二十分近くかかるらしい。

「わぁ！　すっごい！」

遠くに見える景色のきらびやかさに魅せられる。眼下には先ほどまで遊んでいた遊園地の乗り物も見えた。

つい興奮して声が大きくなってしまう。

「観覧車なんて久しぶりに乗りましたよ！」

「俺もだ。高校のあの時以来、かな」

「私もです」

目と目が合い、微笑む。それも心地よかった。

（考えてみれば、ハジメとはこういうデートに行かなかったなぁ）

思い出していてハッとした。

（これはデートじゃない。友人との遊び！）

もちろん手もつながないし、キスだってしていない。

園内で遊ぶのは二人だったけど、周りを動き回って盛り上げてくれるウサギ園長も、スタッフもいたのでそんな空気にはならなかったのだ。

この空中で初めて二人きりになったのだと気づき、妙に緊張する。

（もしかして手くらいは握ったりする？）

緊張しだした私とは対照的に、先輩は落ち着いた上司の声になって聞いてきた。

「麻宮さんは、仕事は慣れた？」

「まだ全然。先生にもご迷惑をおかけしてますよね」

「いや、仕事は丁寧だし、電話や来客対応も任せられて助かっている」

「ありがとうございます」

先輩に褒められると素直に嬉しい。

私は上司としての『堅祐先生』にどんどん信頼を深めていた。

声も荒らげない、いつも冷静、クライアントに寄り添い、いざとなれば部下はかばってくれる。ことごとく理想の上司だ。

（普段は上司と部下で、プライベートは友人）

これ以上の関係の言葉は二人の間に転がっていない。

ふいに、窓際に置かれている先輩の大きな手を見てしまう。

（この前はあの手で抱きしめられて、抱かれたんだよね）

――もう止められないからな。

夜の先輩の妖艶な表情まで思い出される。

意地悪な顔、嬉しそうな顔、後……少し余裕のなくなった顔。

お腹の奥がキュウッと反応した。

もうそういうことはしないのに、思い出してドキドキして止まらない。

(私って、こんなに変態だったっけ!?)

はしたない私とは正反対に、彼は空を見上げてひとりごとのように「綺麗だな」と呟いていた。

(きっと先輩は変な想像はしてないんだ)

自分だけがあの夜を思い出していてやけに恥ずかしかった。

さらに先輩は観覧車を降りると、名残惜しくもないように言う。

「遅くまで付き合わせて申し訳なかった。帰ろうか」

「すごく楽しかったです。ありがとうございました！」

「あぁ」

先輩の車の助手席に乗せられ、走り出す。

車の中では、遊園地の乗り物の話から、高校の先生の話まで盛り上がった。

怖いと思っていた先生が、先輩の前では優しかったり、優しいと思っていた先生が、実は男子にはかなり怖かったりしたみたいで、話は尽きなかった。

先輩は高校時代、先生や下級生ともよく長い時間話をしていた。

それを聞いてみたら、最長三時間相談されたことがあるらしい。

「三時間って！　ものすごく頼りにされてたんですね」

「ただ、そのころは何か解決策を提案できたわけではない。話を聞いただけだ」

「それが普通は嬉しいものなんですよ」

「そうか。だったらよかった」

あのころの私は彼のいいところに気づいているのは自分だけだと思っていた。

（みんな、ちゃんと先輩のよさを知ってたんだ。なんだか悔しい）

今思えば、高校生だと思えないほど先輩ってしっかりしていて、頼りになったんだ。

しかも話を聞いてくれるだけじゃなくて、助けてもくれた。

最初は見た目が怖くて敬遠されてたけど、先輩の優しさはおのずと伝わって、周りに人があふれていた。

（全部含めて大好きになったはずなのにな）

どうして私はあの時、あんなに怒ってしまったんだろう。

落ち着いて話し合えばきっと分かってもらえたし、未来は違った。

そうできたらよかったのに、と私は初めて、自分の人生を後悔していた。

マンションに着き、お互いの部屋の前で別れる。

あれだけ一緒にいたくせに、別れる時は名残惜しくなってしまった。

すぐに先輩が「じゃあ、また来週」と自分の部屋の扉に手をかける。

扉を開けた瞬間、反射的に先輩のスーツの裾をつかんでしまった。

先輩は一瞬驚いた顔をしたけど、真顔に戻って私を見つめる。

「麻宮さん、どうした?」

(やっぱり名字で呼ぶんだよね)

仕事中は全く気にならなかったけど、遊園地の時も、今も名字で呼ばれた。

高校の時と同じ。

友人だから当たり前なのに、それが嫌で仕方ない。

あの夜、一度呼ばれてしまったからか、自分の名を呼ぶ声がもう一度聞きたくなる。

先輩を見つめても不思議そうにこちらを見ているだけだ。

「あの、もう少し一緒にいちゃだめですか? 私の部屋でコーヒーでも」

「夜に部屋で二人きりはだめだ。前もこうして俺を誘っただろ? 男を夜に誘っちゃいけないって分からないか？」

「先輩以外は誘わないです」

つい言ってしまった私に、先輩は嘆息した。

呆れられたかな、と不安で胸がジクジク痛む。

「ずいぶん俺は信頼されているんだな」

「信頼してます。仕事でも尊敬してますし、今日だって一緒にいて楽しくて余裕のある大人の男性って感じでした」

名字で呼んで、こうしてすぐに帰そうとして。

（先輩はいつだって本当に大人で余裕があるよね）

彼を見上げると、彼は真面目な顔で告げた。

「それは間違いだ。俺はこれ以上君と一緒にいたら、君を抱きつぶして、ずっと部屋に閉じ込めて部屋から二度と出す気がなくなる自信がある」

「へ……!?」

驚いて先輩をつかんでいた手を離してしまう。

先輩はふわりと笑って私の頭を軽く叩くと、「おやすみ」と部屋に入っていった。

「あ、あの、お、おやすみなさい」

ぱたん、と先輩の自宅のドアが閉まる。

（え？　今、先輩なんて言ったの⁉）

聞き間違いかそうじゃないか、分からなくて悶々として眠れなかった。


仕事に行ってみれば先輩は相変わらずクールで真面目。

クライアントにだって真摯に向き合っている。資料を読んでいる顔も真剣そのもの。

こんな真面目な先輩があんなことを言うように思えない。

――俺はこれ以上一緒にいたら、君を抱きつぶして、ずっと部屋に閉じ込めて部屋から二度と出す気がなくなる自信がある。

なんてこと。

（あれは聞き間違いだよね！　そうだよね？　私が寝ぼけてた方が現実的！）

週明けこそは緊張したものの、あまりに真面目な先輩ばかり見るので、あれは自分の妄想だと結論付けて、火曜の昼には通常運転に戻れた。

しかし次の金曜の夜――なぜか私たちは空の上にいた。

「どうした？」

先輩が首をひねって隣にいる私を見る。

「なんでジェット機なんですか！」

「魚が食べたいと言っていただろう」

「言いましたけど」

そう、私は本日、仕事終わりにジェット機に乗っていた。

中は二人で乗るには十分に広く、二席ずつ向かい合わせになっている席が一対と、一席ずつ向かい合わせの席が二対。それぞれ間には簡易だがしっかりしたテーブルがある。小さなソファとデスクまであり、くつろぐのも仕事をするのも可能なようだ。前を見ると大きなモニターまでついていた。

こんなところに乗っているのは昼休憩時にした軽い会話が発端だ。

——今日の夜、食事に行かないか。好きなものはあるか？

——えーっと、じゃあ、お魚とかどうでしょう。お寿司でもお刺身でも。

またプライベートで会えるんだと仕事終わりまでドキドキさせられた。

しかし、そのまま店に向かうのかと思っていたらついたのは空港。現在、ジェット機に乗せられているというわけだ。

「どこに行くつもりなんですか」

「北海道だ。寿司がおいしい」

「北海道」

思わず復唱してしまう。あまり知りたくなかったけど、どうも先輩はジェット機を所有しているらしい。

彼は不思議そうに首をひねった。

「そんなに驚かなくても。飛行機くらい普通に乗っているだろ？」

「そりゃ飛行機には乗った経験はありますが、まさか仕事終わりにお寿司を食べるためだけに自家用ジェットに乗る経験はありませんよ！」

昔からなんとなく感じていたけど、先輩ってお金持ちのレベルが違う。

ライフプランにも、華道やら茶道やらの花嫁修業が書かれていたのを思い出した。

――忍足家に入るというのはそう簡単なことじゃない。

昔の先輩の発言もだし、高校の時に一度訪れた先輩の住むマンションだってかなり大きかった。

(本当に先輩ってお金持ちなんだなぁ)

恐れ多くはあるものの、友人の一人としてこの場にいて、窓から見える景色は素直に綺麗だと思った。

「観覧車の夜景も綺麗でしたが、ここも綺麗ですね」

「あぁ」

「考えてみれば私たち、前回から高いとこばっかりですね」

観覧車も相当高かったし、今なんて空の上。

(先輩、高いところが好きなのかな?)

そう思って聞いてみたら、先輩はただまっすぐな瞳で答えた。

「吊《つ》り橋効果を狙っているだけだ」

「吊り橋効果」

また復唱してしまう。吊り橋効果は、高いところなどで心拍数が上がるとき、トキメキと勘違いするやつのこと。

(ん? トキメキと勘違いさせる……?)

「え、なんでそんなもの狙ってるんですか!?」

驚いた私を見て先輩が不敵な笑みを浮かべる。

彼の笑顔を見て心臓の音がさらに大きくなった。

(確かに吊り橋効果は成功してそうですけど、これは思っていた吊り橋効果ではない気がします!)

どうも先輩とプライベートで会うのは心臓に悪い。

友人として会っているはずなのに、いちいちドキドキさせられる。

先輩も分かっているのかいないのか、返答に困る言動が多い。

しかしこんな週末を何度も繰り返した。

お肉の方がいいと言えば牧場に連れていかれるし、もういっそ映画館と言えば映画館はもちろん貸し切り。

貸し切りの映画館で、先輩の手が触れそうで全然触れないから、映画の内容は全く頭に入らなかった。

帰りの車内でも、いつもどうしようもなくドキドキした。

「別にすごいことをしなくても、先輩といるだけで楽しいんだよね」

帰ってから一人になった部屋でポツリと呟いてしまう。

実際ドキドキさせられるのは、場所じゃなくて先輩の発言と先輩の存在そのもの。

そして気になるのは……。

先輩はやっぱりキス一つしない。手すらつながないこと。

あんなに色々言ってくるのに彼は絶対に私に触れなかった。

――時々食事や映画、買い物をして話すだけでいい。それ以上は絶対しない。

確かに先輩の言った通り。

ハジメとのことで、この関係を望んだのも私だ。

「だからって本当に何もしなさすぎじゃない!?」

何度も先輩とプライベートで会えば会うほど惹かれてしまっていた。だからこそ、頑として約束を守る先輩の姿勢に悶々としてしまう。

(だって、やっぱりもう一度……触れたい)

一瞬止まって頭を掻く。

「あーーーーーー！ もう、私は何考えてるのよ！」

持てあました気持ちはどんどん限界に向かっていた。

プライベートで会い始めて三か月後――事態は動く。

秋特有の冷たい空気で目が覚めた土曜日、先輩と昼から出かける予定になっていた。

車で一時間ほど走らせて、着いた先は私たちの通っていた高校。

近くのパーキングに駐《と》めて、二人で正門前まで歩く。

土曜の昼過ぎだけど、部活の生徒は来ているみたいで、校庭からは運動部の生徒が練習する声が聞こえた。

ちょうど部活を終えたらしい生徒が、制服で校舎から出てくるのも見える。

「懐かしい！　制服は変わっちゃったんですね」

「五年前に変わったらしい」

「へぇ。全然知らなかったです」

正門の真正面に見える校舎を見上げる。ずいぶん大きく感じていた校舎だけど、今の職場を見慣れてしまったせいか心なしか小さく見える。

隣にいた先輩がこちらを向き、口を開いた。

「大事な話がある。加賀美一元社長の話だ」

驚いて先輩の方を向いた。それまで、先輩に言われて、元社員のみんなに連絡を取るくらいはしていた。しかしハジメに関しては先輩から何か言われたことはなかった。

彼は一つ頷く。

「加賀美さんに直接連絡が取れて、今後どうするか相談した。頑張れば民事再生も可能だと伝えたが、結局債務整理をすることにしたんだ。それで昨日全て完了した。未払いの給与も従業員の指定口座に支払われる。その報告。依頼料も取るべき相手からきちんと取ったから麻宮さんは気にしないでいい」

「え……」

（連絡が取れた？　どうやって？　依頼料はハジメが払ったの？　何より、彼は今までどこにいたの？）

色々聞きたいけど、それは本人に聞くのがいいと思った。

「あの、ハジメの連絡先ってお聞きするわけにはいきませんか」

「申し訳ないが、連絡先は相手の許可がないと教えられない。一応、連絡先を麻宮さんに教えていいか聞いたが断られた」

「そうなんですか」

「心配しているから連絡はするようには伝えたが、まだ連絡していないんだな。もう一度、麻宮さんに教えていいか聞いてみる？」

すぐ首を横に振った。

「ハジメも私の番号は知ってるので、それで連絡がないってことは連絡する気がないんですよ。ハジメの気持ちが分かってよかったです」

彼はそんな性格だ。自由で何かに執着したところは見た覚えがない。

少し悲しい気もしたけど、それより大きく安堵した気持ちが上乗せされた。

（ハジメが私ともうかかわりたくないんだと分かってホッとするなんて最低だ）

気づいたら、先輩がこちらをじっと見ていた。

慌てて頭を下げる。

「先生、ありがとうございました。これでＫＡＧＡＭＩにいたみんなが次に向かえるだろうし、心残りもなくなります」

そこは本当によかった。

先輩は安心したように息を吐いた。

「そうか、それならよかった」

昔から先輩はいつもこうだ。こうして私を助けてくれた。

——何度も、何度も……。

考えると、胸がドキドキしてくる。先輩を好きになった高校時代の自分の気持ちを鮮明に思い出した。

私はそれをごまかすように、目の前に見える校舎を指さした。

「あの会議室でよく委員会やりましたね。隣が生徒会室でした」

「あぁ」

その隣の生徒指導室で先輩と初めて話したことも思い出したけど、口には出さなかった。

ちなみに文化祭実行委員は先輩に勧められて立候補した委員だ。

自分が委員なんて向かないと思っていたけど、やってみると楽しかった。

その時、生徒会と合同でよく会議をした。

話題の中心は、文化祭での出店項目。展示も可能だが、私たちの年代はみんなノリがよく、演劇や食べ物を提供する店の希望が多かった。

「そういえば先輩は、うちのクラスのメイド喫茶に大反対でしたね」

「あぁ」

メイド喫茶はクラスみんなで決めたものだ。生徒会に否決されたくなくて一生懸命プレゼンした。

だけど、頑なに先輩はダメだと言った。

確か、『学生の節度を守って』とか何とか言っていたような気がする。

「先輩が最後まで反対で、私が怒って多数決取るって決めたんですよね。賛成多数で採用になりました」

「本当に、嬉しそうな顔をしていたな」

「先輩は絶望的な顔をしてましたよ」

先輩がそこまで風紀を乱されるのが嫌だったのかと私も反省した。

だから、大騒ぎにならないように、みんなでしっかりルールを決めたのだ。

「トラブルもなかったし、みんな楽しめたでしょ。〝男子〟メイド喫茶」

「あぁ。最初からそれを知っていたら反対しなかった」

「え?」

言われて、思わず隣の先輩を見上げる。

「君が、そういう……メイドみたいな恰好《かっこう》をすると思ったから。他の男に見られたくなかったんだ」

(あの絶望的な顔をしたのもそういう意味……?)

先輩の反対劇の裏にそんな理由が隠されていたなんて、全然知らなかった。

思わず、プッと吹き出してしまう。

「それならそうと言えばよかったじゃないですか!」

「あの時は言葉で自分の気持ちを伝えるのはあまり得意ではなかったんだ」

確かに今よりずいぶん口下手だったけど。

それでもあの時伝えられていれば、たぶん私も嬉しかったはず。

また胸が高鳴る。

(見せたくなかったってことは……少しは好きだって思っててくれたんだよね?)

先輩は続ける。

「今は職業柄、他人の気持ちを代弁することが多くなって、気持ちを言葉に変えるのに慣れてきた。しかし慣れてくればくるほど、あの時こう伝えればよかったんだな、と後悔する場面も多い」

「先輩でも後悔することなんてあるんですね」

「たくさんあるさ」

なんでも完璧に計画して動いてきた先輩が後悔するのは、なんとなく似合わない。

先輩は息を吐き、私にまっすぐ向き合った。

真剣な表情だった。

「俺が一番後悔しているのは、高校の卒業式の後、君にプロポーズした時だ。君の気持ちも考えずに君の人生を決めつけるようなことを言った」

先輩まであの時のことを後悔しているなんて意外だった。

「え……私は先輩がずっと怒ってるかもって思ってました」

先輩は苦笑する。

「そう思っているんだろうなということも分かっていた」

「そこまでお見通しでしたか」

きまり悪く呟いた私に、先輩は息を吐いた。

「怒るはずがない。君はいわゆる初恋だったし……卒業時にはおかしなくらい君が好きになってしまっていたから余計だ」

「好き……?」

「そうだ。あの時、俺は君が好きすぎて止められなかった」

「わ、分かりにくい！　分かりにくいですよ！」

そう言って、ボロッと涙があふれる。

(あの時、先輩はちゃんと私のことを、好きでいてくれたんだ)

それが嬉しくて泣きながら笑っていた。

先輩は静かに私の涙を指先でぬぐう。

「その分、俺はただ君を自分のものにしたいと必死で、君を自分の型にはめようとしていた。だから君の言葉とあの一撃のおかげで目が覚めた思いだったんだ」

「それは本当にすみません」

「こちらこそ、本当にすまなかった」

二人で頭を下げる。

同時に顔が上がって目が合う。先輩は続けた。

「もう一度、きちんと伝えさせてくれないか?」

先輩が言った瞬間、遠くから高校生たちの元気な声が聞こえる。

だけど、私の心臓は耳の横にあるんじゃないかってくらい大きな音を立てていた。

その音は昔、彼に告白しようとした時より大きい音だと思った。

先輩の真剣な瞳が私を捉える。

ぎゅっと息が詰まった時、彼が口を開いた。

「彩果、好きだ。正式に付き合ってほしい」

素直に、嬉しいと思った。

口角が上がりそうになるのを抑えきれず微笑んでしまう。

真面目で真剣な告白は、心を決めるのに十分だった。

（ハジメには申し訳ないけど、もう、新しい一歩を踏み出してもいいよね？）

一歩、先輩に近づく。

「今回も結婚してくださいって言われると思いました」

真面目に言うと、先輩は苦笑する。

「付き合いからなら考えてくれるんじゃないかって思った」

「そうです。その通りです」

私が言うなり先輩の顔がじわじわ綻んでいく。

それを見て私も嬉しくなって笑みが勝手にこぼれた。

「私も好きです！　大好き！　よろしくお願いします！　……ふぁっ！」

先輩にすぐに強く抱きしめられる。

ちょうど横を通り過ぎた高校生のカップルが、わぁ、と声を出した。

慌てて彼の胸を押す。

「こんなところで抱きしめるのは教育上よくないと思いますよ!?　元生徒会長でしょ！」

「彼女を抱きしめるのにどこだって問題はない」

きっぱりと先輩が言う。

（そっか、私はもう先輩のちゃんとした彼女なんだ）

ずっと待っていた答えが見つかったみたいで心が温かくなる。

そっと彼の背中に腕を回した。

「でもやっぱり外は恥ずかしいので、先輩の部屋に行ってもいいですか？」

「あぁ」

先輩は静かに頷いて、私たちは来た道を今度は手をつないで戻った。

先輩の部屋に行ってキスをしているうちに、ベッドになだれ込んだ。

目の前にいる先輩がちゃんと彼氏になった人だと思うと、前回以上にドキドキして、妙に緊張してしまう。

前髪の隙間から見えた先輩の額に傷が見える。

私はその傷にそっと触れた。

「痛い？」

「もう痛くないさ」

先輩の額に自分からキスをした。

「本当にごめんなさい」

「あの時、怪我をさせようと思ったわけでもないだろ？」

「そうだけど……」

すると先輩も私の額にそっと触れる。

「彩果も同じところにあるよな」

「私のは小さい時のだから」

私が言うと、先輩も小さな古傷に大事そうにキスを落とした。

それがくすぐったくて思わず笑ってしまう。

「やだっ、なんかそこくすぐったい」

「ここ、弱いんだな」

弱点を見つけたのが嬉しかったのか、ニヤリと微笑みを浮かべて、先輩はさらにキスを落とす。

私がケラケラ笑っているうちに、キスは頬に落ち、首筋に落ちた。

次第に身体が先輩を求めて、彼の背中に腕を回す。

先輩の指が耳をくすぐった時、彼の動きがふと止まる。

「……付き合ってすぐだなんて、こういうことが目的だと思われるか？」

私は止まってしまった先輩の手を自分の肌の上に導いた。

「私もしたいから、それでもいい。先輩は嫌ですか？」

「はぁ……もともと我慢の限界のところにそんなことを言われても」

視線が合うなり、私は自分から先輩にキスをする。

「もう絶対に我慢しないでください。全部あげたいから」

高校時代に時間は巻き戻せないけど、二人の時間はこれから先たくさん作りたい。

抱きしめ合って、キスを交わして、一つになって溶け合う。

こんな時間を何度でも。

「好き、大好き」

これまでなかなか自分から言えなかった言葉だって何度でも伝えたい。

彼は嬉しそうに白い歯を見せて笑い、額がくっつく。

「俺も好きだ、愛している」

私たちの関係は最初の予定通りにいかなかった。

だけど、先輩と抱き合いながら、予定が違っても私はずっとここに来たかったんじゃないかと何度も思っていた。

＊＊＊

彼女に出会ったのは高校二年生の秋。

その夏に、俺は〝生徒会長〟なんて面倒なものになってしまっていた。

進学する生徒が多い学校だったので、任期は二年の夏から三年の夏までだ。

「お、忍足！　いいところにいた！」

「何ですか？」

帰宅するため廊下を歩いていた時、生徒指導室から出て声をかけてきたのは、生徒会担当教員であり、進路指導部の永井裕二《ながいゆうじ》先生だった。

生徒に人気があるものの、どこか適当で人にものを頼むのが上手な先生だ。何より、この先生が『候補が誰もいない』と泣きついてきたせいで、俺は生徒会長になる羽目になった。

ちょっとした弱みを握られているのもあってか、他の生徒よりも俺に頼む回数が多いようで、俺は永井先生を見るたび少し警戒してしまう。

永井先生は生徒指導室を指さし、それから胸の前でパチンと手を合わせた。

「お願いがあるんだけど、ちょっと事情を聞いてやってくれないかな？　僕、今から職員会議なんだよ～」

「会議と生徒指導、どちらが大事なんですか」

「もちろん生徒だよ？　でも、校長の顔面、鋭利な凶器みたいだからさ。僕、睨まれただけで死んじゃう」

何を言っているのかよく分からないが、本気で怖がっているらしい。

確かに校長先生の顔は怖いし、声も大きい。永井先生のような人には苦手なタイプだろう。

つい先日も怒られているところを目撃したところだ。

嘆息して永井先生を見つめた。

「中にいる生徒は誰で、何をして呼び出されたんですか」

「一年の麻宮彩果さんって言ってね。同じ一年の坂東春斗《ばんどうはると》を怪我させたんだ。坂東が大事《おおごと》にしたくないって言って大きな問題にはならなかったんだけど、坂東が言うには『麻宮が自分を好きで、自分が他の生徒と付き合ってたから』だってさ」

落ち着いた生徒の多いこの高校で、暴力沙汰を起こす生徒は想像がつかなかった。

ただ、相手が一年の坂東というところは少し気になった。

女子に手が早いとか、あまりいい噂を耳にしない生徒だったからだ。

相手は手を出されて捨てられた女子なんだろう。きっといわゆる痴話げんかの延長だ。

(馬鹿らしい)

ついそう感じてしまう。

恋愛感情で我を忘れるなんてバカバカしいにもほどがある。

そんな暇があるなら将来のために勉強でもしていればいいのに。

「どちらも退学にしてしまえばいいじゃないですか」

「ひどいこと言うなよ〜。ホント冷たいよね、生徒会長って。これだから校内一かっこいいくせにモテないのよ！　こんな人だと思わなかったわ！」

　女子生徒の口調を真似るのはやめてほしい。

　つい最近も、告白してきた生徒をふったら、それに似たような言葉を投げつけられたところだ。

　少しイラついて返す。

「そんなふうに言うなら、今から生徒会長おりますよ？」

「待って待って！　だめだめ！　うそうそうそ！　双方から事情だけは聞いておかなきゃいけなくてさ。でも麻宮さん、全然教えてくれないからそれだけでも聞いて！」

「それだけでもって……。無理ですよ。そんなの俺が聞いても教えてくれないと思いますけど」

「大丈夫大丈夫！　じゃ、よろしくね！」

「まだ聞くって言ってません」

　しかし永井先生は俺の話も聞かずに「後、これ、さっき指導室の扉に挟まれてたから！」と一枚の紙を俺の手の中にねじ込み、走って行ってしまった。

　渡された紙を開いて息を吐く。

　結局また、面倒な仕事を押し付けられているような気がした。

生徒指導室に入ると、小さな机の対面に女子生徒が座っていた。

明るいブラウンの髪を一つに束ねていて、背筋はピンと伸びている。

ただの印象だが、誰かに手を出すようには見えなかったし、まして、坂東と付き合っていたというには違和感があった。

それに、なぜかその顔に見覚えがある気がする。

（一年下に知り合いなんていたか？　いないよな）

考えても全く思い出せなくて不思議な感覚だった。

（気になるメモもあるし、聞くしかないか）

諦めて手の内のメモを握り、俺は彼女の面前の席に座った。

少し緊張しながら、俺が「初めまして」と言うなり、彼女は驚いた顔をした。

「生徒、会長？　なんで」

「知っていてくれたんだな」

「そりゃ、全校集会で毎回見てれば……」

全校集会に毎回出ているなら、不良というわけでもなさそうだ。雰囲気からもそれは分かる。

ではなぜ、そんな生徒が坂東に手を出したのか？

先に彼女が疑問をぶつけてきた。

「永井先生は？」

「職員会議だ」

「あぁ、校長先生が怖いから」

分かっているように麻宮さんは呟く。

生徒に知られているってどうなんだろうと思うが、そこも永井先生らしい。

「……で？　何があった？」

「なんで生徒会長に話さないといけないんですか」

「君が永井先生に話さないからだ」

「じゃあ、生徒会長にも話しません」

ふい、と横を向かれた。

『絶対に話してやるものか』と声にしなくても雰囲気全てで語っているようだった。

ふう、と息を吐く。

「頼まれているんだ。順を追って話してほしい」

「話なんてないです」

「坂東の言い分では君が彼を好きで、彼が他の生徒と付き合ってたから、だって？」

「まさかっ」

初めて彼女が声を荒らげた。その様子からそれは違うのだろうと分かった。

ゆっくり彼女の目を見て告げる。

「でも君が黙って逃げていては、坂東の言い分が通る」

キッと彼女はこちらを睨んだ。

「逃げてないです」

「逃げているだろ。後、君が逃げている限り、君が彼にいくら怒ったとしても、彼が反省することはない。それでいいのか？」

彼女の瞳が揺れた。迷っているのだろうと思った。

探るようにこちらを見て、彼女は自ら口を開いた。

「生徒会長は、坂東のこと……何か知ってるの？」

「いや。ただ、あまりいい噂も聞かない生徒なのと。これ」

「何？」

先ほど永井先生に渡されたメモを差し出す。

麻宮さんが驚いたように目を見開いた。

「【麻宮彩果は悪くありません】。これは女子生徒の字だ」

「…………」

彼女は誰かを守りたいのだろうか。

そう思うと彼女の行動にも、この手紙にも合点がいった。

俺は息をのんで安心させるように加えた。

「必ず秘密は守る」

「そんなの無理。先生には言うでしょ」

「言ってほしくないならば言わない。約束する」

それが条件で話してもらえるなら、そうするしかない。

俺が覚悟を決めると、俺の覚悟まで見抜いたように、彼女もポツリポツリと真相を話し出した。

数か月後の昼休み、彼女が俺の教室を訪れた。

「生徒会長！」

声が大きいので、一斉にみんなの顔が麻宮さんの方を向く。

彼女はニッと白い歯を見せて笑った。

「お昼一緒に食べましょう！」

断る間もなく教室に入ってきた彼女に手を引かれ、中庭に連れていかれた。

彼女は待ちきれないといった様子で口を開く。

「生徒会長。どうやったんですか？　坂東、転校しちゃいましたけど」

聞かれて、俺は頷いた。

麻宮さんが坂東に怪我をさせた理由――それは、彼女の友人が坂東と付き合っていた時に撮られた写真を、坂東がネットの掲示板に流出させたからだった。

写真から犯人は坂東だと分かっていたけど、坂東は口を割らなかっただけでなく、相手の女子生徒が遊んでいた報いだろうと吹聴した。

しかし相手の女子生徒は他の男子と関係は持っておらず、余計に傷つけられた。

「俺の父親が弁護士だから、手を貸してもらったんだ。相手の女子生徒から開示請求させて、坂東宅からの書き込みだったので坂東の親にも全て話した」

坂東の父は教員で、母は専業主婦。

最初は息子の言い逃れを真に受けた。

「最初は親も自分の子は悪くない、騙されただけ、の一点張りだったが、周辺の女子生徒にもあたってみれば次から次に出てくる出てくる。最後には言い逃れもできなくなったよ。示談の条件の一つに転校も入れた」

周辺の女子に聞いたのは自分だが、法律や交渉に関係するところは自分の知識ではない。父に相談したら、初めて相談したからか協力を惜しまず対応してくれた。

「ま、転校したところで責任から逃れられるわけはないがな。相手の女子生徒にとってはもう見たくもない顔だろうから転校してくれてよかった」

「すごい。そんな方法、思いつきもしなかった。本当の正義の味方みたい！」

元から父のことは信頼していたものの、この一件で俺は初めて、父の〝弁護士〟としての姿を間近で見られた。俺はそれを思い出して口元を緩める。

その時、突然、麻宮さんは俺の手をガシッと取る。

「お礼はちゃんとさせてくださいね！　私、駅前の〝ナナノコ〟ってファミレスでバイトしてるんです。ハンバーグがおいしいんですよ！　おごりますんで一度食べに来てください！」

彼女はそう言って笑った。

実は俺はファミレスには行った経験がなかった。

一緒に暮らす父親は仕事で夜も遅く、自炊はしないので、食事は大抵デリバリーのシェフが作ってくれていたし、親戚の集まりやパーティーの場以外、外食は特にしていなかったからだ。

だけど俺はその数日後、無理やりに引っ張られて、そのファミレスに足を運ぶことになる。

一気に寒くなった日、生徒会室に残っていると永井先生が入ってきた。

永井先生はニィッと笑って俺に話しかけてくる。

「ファミレスに行ったんだって？」

「誰に聞いたんですか」

「俺も昨日ナナノコに食べに行ったんだよ。麻宮はちゃんと申請をしてアルバイトをしてるからさ」

俺たちの学校は基本的にアルバイトは禁止だが、世帯収入や事情により、学校に申請して承認された場合のみアルバイトが可能だ。

「その時、麻宮から聞いた。すごくニコニコしてお前のことを話してくれたぞ」

「ドリンクバーを教えたのとかでしょ」

「『素直に言うことを聞く会長、超レアでした！』と喜んでた」

彼女はドリンクバーの使い方が分からない俺を馬鹿にするでもなく、本気で教えてくれた。混ぜる方法まであって、相当量飲んでしまった気がする。

「でも、よかったよ。忍足が麻宮の話を聞いてくれて」

「すみません、報告が雑で。先生には話さないって約束したもので。校長先生に怒られたでしょう」

「あぁ、大丈夫。あれは事件自体こっちでもみ消してたから報告は必要なかったんだ」

そう言って、ニッと永井先生は笑う。

俺は一瞬意味が分からず、じっと先生を見つめた。

「どういうことですか？」

「だってさ、忍足ってば高校生らしくないんだもん。かわいい美女ぶつけてメロメロにさせたくなるじゃない」

「生徒にそんなセクハラ発言するなんて、訴えますよ」

「え、嘘！　違う違う！　セクハラじゃないから！」

「それに……彼女は美女って柄じゃないでしょう」

またニィッと先生が微笑む。

「今、麻宮さん思い出したでしょ」

「それ以外に女子が思いつかないからです」

「いるでしょ、たくさん。昨日も告白されてたしね。またひどい振り方してた」

「なんで知っているんです」

さぁね、と先生は言って、思い出したように続ける。

「僕昔さ、君のご両親の記事を読んだことあるんだ。美男美女ですっごい仲よかったよね。インタビューで『運命を感じて』って書いててめちゃくちゃ憧れたなぁ。僕、運命探して周辺の女性教員全員に告白したんだから。その時は全敗だったけどね。でもさ、その後ですっごい運命の人に出会って――」

「突然何の話ですか」

話の流れが分からない。

確かに父と母は昔から仲がよかった。母が亡くなった今も、父が母を思い出さない日はないだろう。

「そんな二人の息子がさ、『恋愛なんて必要ない』なんて本気で思っててさ。悲しいなぁって思っただけ」

「絶対誰かを好きにならなきゃいけないものではないでしょう。恋愛は自分の人生には全く必要ないから、必要ないって思っているだけです」

その時、廊下をパタパタと走る音が聞こえた。

俺が生徒会室のドアを開けると麻宮さんの後ろ姿が見える。

先生が後ろから聞いてきた。

「もしかして麻宮さんだった？」

「なんで分かるんです」

「そういえばさっき忍足の居場所を聞かれたんだったと思ってさ」

振り返ると先生はニコッと笑っていた。

「あの子はねぇ、案外難しい問題の方が頑張れちゃうタイプなんだよねぇ」

その時、最終下校を告げるチャイムが鳴った。

四章　堅祐さんの事情と私の怪我

気づいたら朝だった。

左手に口づけられる感触に目を覚ませば、堅祐さんと目が合った。

「私、寝てました？」

「あぁ」

甘く目を細めた彼を見て、今どこにいるのかやっと分かった。

ここは堅祐さんの部屋で、今は彼のベッドの上。

いつの間にか意識を失うように寝ていたらしい。

（昨日付き合うようになって、それから――）

夜の途中にはもう声が嗄《か》れていたけど、堅祐さんはそこからも離してくれなかった。

恥ずかしいのもあって、ムッとしながら言ってしまう。

「いくらなんでも加減ってあると思います」

「でも彩果が『我慢しないで』と言っただろ」

「言いましたけど」

「その通りにしたまでだ。ただ、無理をさせすぎたな。すまない」

堅祐さんの表情は、すまないと言いながらも全然反省していない。

さらには私の発言にまで言及してくるあたり、この人に勝つのは到底無理なんだろうと思う。

ふいにまだ左手は持たれたままだと気づき、そちらに目を向けると左手の薬指に指輪がはまっていた。

しかも結婚指輪のようなシンプルな指輪が。

「え？　な、なんですか、これっ」

「指輪だ」

「勝手に!?　っていうかいつの間に買ってたんですか！」

「彩果の意思がはっきりした時に、すぐ渡せるように準備していたに決まっている」

それは通常決まっているものではないだろう。準備万端すぎる。

一旦、指輪を外そうと手をかけた。

「しかも微妙に小さくて外せない！　なんで」

「なぜ外そうとするんだ」

「だって結婚するわけじゃないじゃないですか！」

「それは付き合っている相手がいるという証《あかし》だ。俺も他の男に取られるのが嫌だから指輪ははめていてもらいたい。俺は独占欲がものすごく強くて重い男なんだ」

（そのセリフどこかで聞いた！）

ふいに以前、私が兵頭専務に放った言葉だと思い出した。

「私がついた嘘ですね！　あんなの嘘に決まってるじゃないですか」

「あの時は、自分の心の中が言い当てられたのかと思ったからよく覚えている」

（口から出まかせだったのに、まさかの一致！）

彼は嬉しげに左の薬指に触れながら続けた。

「それに指の細さは変わらなく見えたけど、あのころより少しだけ変わったんだな」

「ど、どういう意味ですか」

「これは、卒業式の日に渡そうとしたものだ」

「あの時に？」

（こんなものまで用意してたんだ）

やっぱり高校生の時にこれはちょっとやりすぎ。

しかしあの大量のライフプランを思えば、指輪くらいあってもおかしくないと納得してしまう。

堅祐さんは自らの左手を上げて私の目の前に見せた。

そこには仕事中につけていた、例の女除けの指輪がはまっている。

「これはペアリングだったんだ」

「もしかして、ずっとこの片方を付けてたってことですか？」

「当たり前だ」

「当たり前……」

（え？　あれからずっと？　それは本当に重い！）

だけど、それすらちょっと嬉しいと感じている時点で、私も彼にはまってしまっているのだろう。

ゆっくり唇が重なる。離れた後に笑い合った。

「そういえばさっき夢を見たんです。高校時代の」

「どんな？」

「生徒会室で、堅祐さんと先生が話してるのが聞こえて、全部じゃないんですけど『恋愛は自分の人生には全く必要ない』って堅祐さんの声が聞こえて」

「そういうこともあったな」

「私ね、あの時にはもう好きになりはじめてて……だからちょっとショックだった。

だけど、好きになっちゃった後は、まぁ自分を好きになってもらえるように頑張ればいっかって思ったんですよね。だから卒業式の日はダメもとでアタックする予定だったんです」

言うなり、先輩は目を開いて、それから笑い出す。

「彩果らしいな。彩果の告白をきちんと聞けなかったのは残念だったな」

「昨日何度も言いましたけどね」

「なんて言ったっけ」

「ええっ、忘れたんですか!?『好き、大好き』って言いましたよ！」

聞いてすぐ、堅祐さんは口角を上げた。

その顔は分かっていたって顔。

「まさか覚えてててわざと聞きました!?」

「まさか」

「いや、今の顔は絶対覚えてますよね！」

怒った私の手を彼がつかむ。目が合うと、すぐに唇が触れ合った。

それだけで絆されてしまう。解《げ》せない、と思っていると彼は言う。

「またきちんと祥吾さんにも挨拶に行かないとな。正式な彼女だし」

「それはそうですけど」

「職場にも早く伝えなければいけないな。正式な彼女だし」

「それはもう少し後にしませんか？」

「正式な彼女なのに、後回しにする癖があるな。よくないぞ」

「っていうかさっきから『正式な彼女』ってうるさい！」

「事実なのだから仕方ない」

堅祐さんが心底嬉しそうに目じりのしわを深めて笑うから、もう何も言えなくなった。


次の金曜、堅祐さんは遅くなると言っていたので、私は祥吾さんの店に顔を出した。ちょうど店は最後のお客さんが出ていったところだ。

「おう、来たか」

「ごめん、ずっと顔出せなくて」

「いいや。いいよ。何か呑むか？」

「うん」

タップから注いでくれたのはホフブロイヴァイツェン。ドイツのオクトーバーフェスでも提供されるビールだ。元は王室のためのビールともいわれていた。

祥吾さんは微笑んで隣に座り、二人で乾杯する。

甘い香りが鼻の奥に届き、喉に流し込むとまろやかで呑みやすかった。

「仕事終わりのビールはおいしいな」

「祥吾さんが注ぐとよりおいしいよ」

「当たり前だ」

今週はなんとなく気疲れしてしまったから余計においしく感じる。

彼氏と同じ職場というのは二回目の経験だけど、気軽に名前で話しかけてくるハジメとは全然違って、堅祐さんは公私を完璧に分けている。

その方がやりやすいな、と最初は思っていたけど、あまりにも完璧に分けるもので、

『本当に私たちは付き合ってる？』と不安に思ったくらいだ。

しかも平日はお互いに忙しくプライベートで顔を合わせられなかったからどんどん彼女の自覚は下がっていった。

（まさか全部夢じゃないよね？）

考えていると祥吾さんが口火を切った。

「話したいことがあったんじゃないか？」

出されたビールが、嬉しいことがあった時に頼むことが多いホフブロイだったのもあり、なんとなく来た理由を見抜かれている気がする。頷いて口を開いた。

「あ、あの……あのね？　私、彼氏ができました。尊さんの息子の堅祐さんです」

「高校の時、先輩だった人だな」

「知ってたの？」

思わず祥吾さんを見つめる。

「え？　……あ、あぁ。昔、彩果が自宅まで送って帰ってもらってるの、一度だけだけど見たことがあるんだ」

それを知られていて何も言われていなかったのも、なんだか恥ずかしいのだけど。

私が苦笑すると、祥吾さんは安心したように息を吐いた。

「加賀美とはちゃんと別れられたんだな」

「連絡は取れてないけど、あっちが連絡を取るつもりがないって分かって諦めがついた」

「そうか。気持ちも吹っ切れたならよかったよ」

祥吾さんは安堵したように息を吐く。

私はグラスの中の減った泡を見つめた。

「うん。それがさ、好きだったって気持ちはもう全然ないの。私、冷たいのかなぁ」

「冷たくなんてないさ。それに今は堅祐くんがいるからだろ」

祥吾さんはこちらをまっすぐ見ていた。

「この週明けさ、堅祐くんが店に来たんだ。俺にちゃんと挨拶しておきたいって」

「えぇっ！」

それって本当に付き合いだした翌々日だ。

挨拶に行かないと、と言っていたけど、本当に挨拶に来てたんだ。しかもすぐ。

「堅祐さん、そんなこと言ってなかった！」

「いい男になったな。元カレの件もあったからさ、次に付き合う男は誰が相手でも反対しようと思っていたんだが、結局一言だけチクリと言って許してしまった」

「何それ」

「だって、元カレがあれだぞ？　お前の見る目を疑うのも仕方ない」

「ハジメといて、別に不幸じゃなかったよ。楽しかったのは事実だもん」

「最後は思いっきり苦労をかけられただろ。失敗するのはいいが、尻拭いまできちんとするべきだった」

祥吾さんが冷たい声を出す。慌てて手を横に振った。

「ちゃんとしたんだよ。全部終わったって堅祐さんも言ってた」

「意外だな。俺が心配しすぎなのか」

祥吾さんはポリポリと頭をかく。優しい叔父らしいが、これまで相当心配をかけたのには変わりない。

しっかり祥吾さんに向き合った。

「でも今、私は堅祐さんがちゃんと好きなの。祥吾さんもいつも味方でいてくれるし、今までも不幸じゃなかったけど、今が一番幸せかな」

言うなり、祥吾さんが目を見開く。

みるみるその大きな瞳がうるんでいく。

「え、何っ！　泣かないでよ!?」

「いやだってさ急にそんなふうに言うから！」

「もう」

言いながらハンカチを手渡すと、祥吾さんは涙を拭いた。

また二人同時にビールに口をつける。静かな空間が店を覆った。

こうして大人になって、二人で並んでいられる空間が心地いい。

グラスの中身がなくなるころ、店の外に車が停まる音がした。

祥吾さんは入り口に目を向ける。

「そろそろ迎えが来たかな」

「迎え？」

視線を入り口にやると扉が開いた。仕事終わりでスーツのままの堅祐さんが入ってきたのだ。

「堅祐さん、どうして？」

「祥吾さんから連絡をもらったんだ」

「勝手にすまない」

横を向いた私に、祥吾さんは頭を下げる。

「別にいいけど。連絡先まで交換してたの？」

思わず聞くと、祥吾さんは当たり前だ、と頷いた。

(何度か会ってたハジメとは連絡先の交換なんてしなかったくせに)

祥吾さんは自分のグラスを置き、私の手の内のグラスも置くと立ち上がった。

堅祐さんに向かって頭を下げる。

「堅祐くん。彩果のことよろしくな」

「はい。任せてください」

なんでそんな結婚式みたいに祥吾さんがしんみりしているのか気になったけど、二人が仲よくなってくれたようで安心していた。

私は堅祐さんの車の助手席で、車が発進するなり口を開く。

「祥吾さんに会いに行くの、教えてくれたら一緒に行ったのに」

「両親が亡くなってから彩果を育ててくれた人だろ？　かわいい姪をさらおうっていうんだからチクリとぐらい言いたくなるかなと思って一人で行ったんだ。彩果がいれば本音は言いづらいだろうからね」

（祥吾さんの心まで読んでる）

祥吾さんもさっき、一言だけ言ってやったと言っていた。

「何を言われたんですか？」

「いや。まぁ、大事にしているんだなっていうのは分かっているから」

祥吾さん、本当に何を言ったんだろう。

隣で私が微妙な顔をしているのが分かっているのか、堅祐さんは苦笑する。

「すまない。勝手に挨拶に行って。きちんとしていないと逆に気になる性分なんだ」

「いえ」

最初は勝手に行ってしまったことに文句を言ったが、話を聞いてみると不思議と大事にされているのはヒシヒシと感じる。

「ありがとうございます」

ふいに運転している彼を横目で見た。

いつもながら運転も丁寧で、止まる時も静か。

勢いよく運転をするハジメを思い出す。

（運転一つとっても、全然違う）

堅祐さんは自分が『重い男だ』って言っていたけど、こうやって一つ一つが重なって大事にされているって感じるものみたいだ。

なんとなくじっと見ていると、すぐにマンションの地下駐車場についた。

車を駐め、こちらを向いた堅祐さんと視線が絡む。

堅祐さんが身体を寄せてきて、ドキッとした。

キスをされるのかと思ったけど、堅祐さんは私の頬にかかった髪に触れる。

「さっき、何考えてた？」

「え？」

「こちらを見ていたから」

「バレてましたか」

前を向いて運転していたのに、こちらの気配まで感じ取るなんて油断ならない。

嘘を言ってもバレそうなので、正直に言おうと決めた。

「大事にされるってこういうことなんだなって思ってただけです」

「大事にしたいからな。でも、たぶんまだ俺の気持ちを押し付けすぎて、大事にはしきれていない」

「そんなことないで……んっ」

顎を引き寄せられ唇が重なる。何度唇が重なってもやめられなかった。

車内にリップ音が響き、そのうち堅祐さんが首筋に唇を埋める。

「け、堅祐さん！　そこ、強くしちゃだめ」

「すまない、止められない」

「えぇっ……！」

(気持ちを押し付けすぎるってこういう意味もありますか!?)

押してもやめてくれない。

じゃあ引いてみればいいのかと思ってみたけど、自分の方に引いてみると自分から抱き着いた形になってしまった。

それが誤解を生んだのか、さらに耳に舌を差し込まれる。

「ふぁっ！」

耳から直接響く水音がやけに恥ずかしい。

なのに、手はいつの間にか彼の背中をつかんでいた。

ふいに車の窓ガラスの外が明るく見える。ちょうど車が入ってきたらしい。

（さすがに事務所の職員ばかりのこの駐車場でこんなことをしているのはまずい！

きっと猥褻《わいせつ》な何かに引っ掛かります！）

しかしキスは止まらない。

熱い手がトップスの中に入ってきて、身体が跳ねる。肌の感触を確かめるように、長い指が素肌を通った。その間に、鎖骨にキスを落とされ、その後は大事そうに舌がなぞる。スカートの中にも手が入ってきた。

このままでいいか、と目を閉じようとしてしまって慌てて目を開けた。

「ここはだめ！」

「彩果ももう無理だろ？」

鼻先が当たるほどの距離で、意地悪に微笑まれた。

（バレてますね！）

私だって抱き合いたいって思ってしまっている。理性を何とか繋ぎ止めながら、堅祐さんのスーツの背をつかんだ。

「堅祐さん、お願い。部屋に戻ってゆっくりしたいです。だめ?」

驚いた顔で彼がこちらを見る。

そして、息を吐くと耳元で低い声で告げた。

「部屋に戻ったら容赦しないからな」


本当に心臓に悪い人だと思う。

夜の間は特に意地悪でSっけが強いのも問題だ。

でも、堅祐さんから離れるなんて想像がつかない。抱き合っていると、本当に自然に彼の背に回した手に力が入る。

「彩果、かわいいな」

「んっ……堅祐さん」

何度も名前を呼んでキスを交わして。

好きで、好きで、好きで、どうしようもない。

それをぶつけても、きっとこの人は簡単に包んじゃうんだろう。

彼に再会して半年も経っていない。なのにもう戻れないところまで来ていた。

十二月に入り、忙しくなった次の月曜、資料室で仕事をしていると、尊さんの秘書の藤本さんが顔を出した。

「麻宮さん。少々お時間を頂戴してもよろしいでしょうか」

「はいっ」

藤本さんにこうして話しかけられたのは初めて。

彼はいつも尊さんについて外出しているから、ほとんど事務所にいないのだ。

藤本さんについていくと堅祐さんの部屋を越えてまだ歩いていく。

向かっているのが尊さんの部屋だとすぐ分かった。

「尊先生ですか？」

「はい。少々お話ししたいとのことだったのですが問題ありませんか？」

「もちろんです」

事務所のトップの呼び出しに応えない部下はいない。

それに尊さんは堅祐さんのお父さままでもあったから余計だ。

藤本さんがノックをし、部屋に入ると、こちらは堅祐さんの部屋とは違って大きな一部屋になっていた。

大きなデスクに、本棚、そして立派な応接セットが置いてある。

尊さんが変わらない笑みで私を迎えてくれた。

「すまないね、忙しいのに呼び出すような真似をして」

「いいえ」

尊さんは私に応接セットのソファに座るように促した。

座ると身体が沈んでしまうくらいふわふわだ。腰を下ろして目の前の本棚に顔を向けると、写真が飾ってある。

写真の中では尊さんとものすごく美人な女性が仲よさそうに並び、女性の手元には赤ちゃんが抱かれている。その女性だけで写っているものもあった。

「あ、あの写真、もしかして堅祐先生のお母さまですか？　赤ちゃんは堅祐先生ですね」

「あぁ、彼女は茜《あかね》さんというんだ。綺麗だろう」

愛《いと》おしげに目を細め、尊さんは言う。

それだけで尊さんがすごく奥さまを愛しているのが分かった。

「はい、すごくお綺麗です。雰囲気が堅祐先生に似てます」

「そうなんだよ」

本当に女優みたいに美しい人。

尊さんが息を吐き、こちらをまっすぐ見る。

「兵頭専務からも聞いたよ。堅祐と付き合っているんだって？」

突然聞かれて、心臓がドキッと跳ねた。

（そうか、兵頭専務には付き合ってるって言ってたんだ！）

あの時は嘘だったのに、今や本当になっている。

少し悩んだけど、私も堅祐さんのお父さまにきちんと伝えたくて頭を下げた。

「ご挨拶もきちんとしていないままで申し訳ありません。はい、堅祐さんとお付き合いさせていただいています」

「よかった、付き合えたんだな。本当によかった」

尊さんは目を細め、それから嬉しそうに何度も頷く。

（そこまでよかったって言われるってなんだか変なような？）

付き合えた、という表現にも違和感を持つ。

首を傾げる私に尊さんは続けた。

「実は、堅祐の高校時代、君を一度見かけたことがあったんだ。確か堅祐の誕生日だった。マンションのエントランスに立っていた君を見て、堅祐は車から走っていった」

「あ……」

そういえばそんなこともあった。

確か土曜。前日に彼の誕生日がその日だと知って、みんなに後押しされながら誕生日プレゼントを渡しに行ったのだ。

もう堅祐さんが好きだったので、土曜にまで彼の顔が見たいという下心もあった。

しかし彼はどこかに出かけていて、プレゼントは渡せないまま。もう帰ろうとマンションを出たところで雨が降り出す。

雨がやむまで少し待っていようとマンションのエントランスに戻ったところ、車で帰ってきた彼が私に気づいて走ってきてくれたのだ。

そして無事にプレゼントも渡せた。

「あの時、車だったから。尊さんもいたんですね」

「あぁ。堅祐が見た覚えもないくらいすごいスピードで走っていくからさ。きっとあの子が堅祐の特別な人なんだろうな、と思ったんだ」

「そうだったんですか」

（父親も見たことのないくらいのスピードってどんなだろう）

想像すると、嬉しさもあり微笑んでしまう。

そこで、ふいに最初に叔父の店で声をかけてくれた日を思い出す。

初めて会ったはずなのに、事務所の秘書にどうかと言われ、それがさらに堅祐さんの秘書だった。

「プロ一ストで声をかけてくださったのも、顔を覚えていたからですか？」

「働き者で人当たりもよくて、いい子だと思ったのは本当だよ。ただ、親バカかもしれないけど、私は堅祐の見る目は結構信じているんでね。堅祐が特別に思っていた人が悪い人のはずはないと感じたんだ」

好きな人の父親にそんなふうに言われるのは少し恥ずかしいけど、素直に嬉しい。

ただあの時は、いつもあんな調子でスカウトしているのかと思っていた。尊さんは続ける。

「堅祐の母親があの子が幼いころに亡くなっているのは知っていますか？」

「少しだけ聞きました。本人からじゃないんですけど」

実は高校の生徒会担当の永井先生が教えてくれた。

堅祐さんは五歳の時に病気で母親を亡くしている、と。

「私は彼女を愛していてね。彼女がいなくなった時、かなり落ち込んでしまっていたんだ」

尊さんはまた写真に写る茜さんに目を移した。

亡くなって二十年以上経って、今まだなお、大事そうに奥さまの写真を見つめる尊さんの姿になんだか胸が締め付けられる思いがした。

「だが、堅祐がいつも私を気にかけてくれてね。堅祐を残してくれた茜さんのためにも、堅祐を幸せにしたいと思って立ちなおることができた。それから法律事務所を立ち上げたんだ」

「へぇ……」

「だからまだ歴史は浅い事務所だよ。後継者も別に親族でなくてもいいと思っている。もちろん、継ぎたいなら継いでもらっても全く構わないが」

それは初めて聞いた。

「会社とか事務所って必ず親族が継ぐのかと思ってました」

「そんなことないよ。血縁にこだわる会社もまだまだあるがね」

気づいたら、尊さんはこちらをじっと見ていた。その視線にドキッとする。

大きく息を吸って、決めたように尊さんは口を開いた。

「あの子は優しすぎて色々抱え込んでしまう。私が言ってもきっとやめない。しかし昔も今も、私が彼に望むのは一つなんだ。堅祐は何にも縛られず好きな人と好きなように生きてほしい。大切な人との子どもだからこそ、そんなふうに思う」

尊さんは本当に奥さんのことを心から愛しているんだと思った。

私の亡くなった両親もとても仲がよかったので、想像はつきやすかった。

「高校時代の堅祐は、友人や好きな人を作らないように過ごしていただろう。実際人と距離を置くように過ごしていたように思う」

「そうさせたのは、私のせいなんだ。それがずっと気がかりだった」

高校時代、特に出会ったころの堅祐さんを思い出して、思わず頷いた。

尊さんは呟き、そのまま続けた。

「でも、そんなあの子が少しずつ変わった。たぶん麻宮さんと出会ってからだろう」

「それなら嬉しいです」

思い出を語るように尊さんは続ける。

「卒業してから、もしかして別れたのかなと思っていたけれど、ずっと思い続けているのはよく分かっていた。あの子がしていた指輪、今の君のものとおそろいだろう」

言われて自分の左手の薬指に目をやる。思わずそれに触れた。

「はい」

「あの子はなかなか人に頼れない性分でね。でも本当に辛《つら》い場面ではお守りみたいに指輪に触れていたんだよ。だから色々あったかもしれないけど、こうして二人が付き合うようになってくれて、私は本当に嬉しいんだ」

私を心配する祥吾さんと一緒で、尊さんも堅祐さんをずっと心配していたんだと思った。

覚悟を決めて口を開いた。

「私も堅祐さんとお付き合いをさせていただけて嬉しいです。堅祐さんは頑張りすぎるところがあるから、私も彼を支えられればいいなと思っています」

言うなり、尊さんは目を細める。

「やっぱり私の見る目は濁っていなかったようだ」

その時、部屋の扉が無遠慮に開いた。

すぐに眉を寄せた堅祐さんが入ってくる。

「堅祐さん」

「父さん。勝手に彼女を呼び出されては困ります」

「いいじゃないか。きちんと父親として挨拶くらいさせてくれ。きちんとしていない

全く同じだ。

「堅祐さんと同じこと言ってる……」

思わず言ってしまった。堅祐さんが祥吾さんに挨拶に行った時に言っていたことと全く同じだ。

つい笑ってしまった私に、堅祐さんは少し困った顔をする。

「すまない、彩果。こうやって驚かせる前に、きちんと紹介すべきだったな」

「いえ。私もご挨拶が遅れていたのでよかったです」

堅祐さんは私を立ち上がらせ、それから手を取る。

堂々とした様子で尊さんに言った。

「彼女とはお付き合いさせていただくことになりました」

「あぁ、本当によかった」

堅祐さんはなぜか私の肩まで抱き寄せて、私はギョッとした。

彼は淡々と続ける。

「しかし、勝手に彼女と接触しようとしないでください。今度からは私も一緒に呼んでいただければ」

「なぜ？　少しくらいいいだろう」

「父といえども、彼女が男と話していると嫉妬してしまうからです」

きっぱりと告げる堅祐さんに、私は絶句してしまった。


その日、帰ってから考えていた。

――友人や好きな人を作らないように過ごしていただろう。実際人と距離を置くように過ごしていたように思う。そうさせたのは、私のせいなんだ。

先生と堅祐さんが話しているのを聞いたのもあるけど、高校時代の堅祐さんって好きな人は作らないようにしているのかなと思う面が多々あった。

途中からは、そんなことはなくなってきていた気もするけど、卒業式の日、差し出されたライフプランがまさにそんな感じ。

私や自分の気持ちより、結婚して子どもを作ることを何より大事に考えているように思えたんだった。

(でもどうして？　尊さんも、事務所の後継者は親族とは考えていないって言ってたのに)

ちょうどインターフォンが鳴った。

画面を見ると、堅祐さんが立っている。

扉を開けるなり、閉まるのも待たずに唇が奪われた。

「んっ」

そしてそのままぎゅう、と抱きしめられた。

「堅祐さん？」

何かあったのだろうか。

ぽんぽん、と彼の背中を叩く。すると、彼はフフッと笑い声を上げた。

（え、なんか笑ってます!?）

思わず離れて彼の顔を見た。

「なんですかっ!?」

「いや、今日、最後聞こえた。『堅祐さんとお付き合いをさせていただけて嬉しいです。堅祐さんは頑張りすぎるところがあるから、私も彼を支えられればいいなと思っています』ってさ」

「あ、あの時の話を聞いてたんですか！」

最後にそんなことを言った気がする。

知られて恥ずかしくなった私の目の前で彼は破顔する。

「よかった。ここまでちょっと強引に持ち込んだ気もしていたから。君の気持ちをまた置き去りにしてしまっていたら嫌だと思っていたんだ」

「そんなことはないです」

すぐに首を横に振った私に堅祐さんは目を細め、額をくっつける。

「本当によかった」

「ありがとうございます。私の気持ちもちゃんと考えてくれて」

「もちろんだろ。……なぁ、彩果。もう一度キスしていい？」

「なんで今更聞くんですか。さっきは勝手にしたくせに」

恥ずかしさで眉を寄せた私に、堅祐さんが大真面目な顔で言う。

「だって、今もう一度キスしたらたぶん今夜も抱きつぶしてしまうから。彩果に許可を得ないと」

「……っ！」

なんでそういった狡いやり方で、了解を取るのだろうか。

「狡いのはそういうとこですよ！　そこは嫌いですからね」

そう言いながら、結局私は自分からキスをしていた。

それからは、週末はお互いの部屋を行き来して過ごしていた。

堅祐さんは何度か同棲を提案してきてくれたけど、今でも隣同士だし、なんだかこれ以上、彼にはまってしまうのも怖かった。

しかし、クリスマスも、年末年始も恋人として一緒に過ごし、交際自体は順調だ。


そして、一月に入ったある日。昨夜、地面に落ちるたびすぐに溶けてしまうような雪が降っていたせいか、路面は昼になっても少し凍結しているところがあった。

仕事で法務局に向かっていた私は、いつもより気を付けて歩いていた。

法務局に書類を提出しに行く場合、大体が堅祐さんと柴田さんの力できちんと書類はそろっているので、私はただ出すだけの場合が多い。

その帰りに、郵便局で収入印紙と切手、来週事務所でアポイントメントを取っている方に合わせたお茶菓子を買うために少し寄り道をした。

専門性の高い柴田さんみたいに書類作成はできないけど、多方面に忙しい堅祐さんのもとでは、秘書としてできる業務はたくさんあった。

彼を支えられる今のこの仕事が結構好きだ。

仕事中、堅祐さんはプライベートな顔は一切見せないので、本当に付き合っているのかやっぱり今も時々不安になるけど、それはそれで仕事はやりやすくなってきた。

（公私の区別が完璧とか大人だよね）

信号待ちをしながら考えていると、斜め前にいた男の人がふら、とした。

ふいに視線を向けてみると、失踪した彼氏――ハジメに似ている。

「ハジメ？」

思わず呼んだけど、彼は全く振り向きもしない。

ただ、目はまっすぐ赤信号を見ていた。

次の瞬間、男の人は一歩足を踏み出す。

もちろん、歩行者側は赤信号。ちょうど車がやって来るのが見えた。

「ちょっ……！　止まって！」

とっさに彼の腕を引く。でも私が引いたのも気にせず、すごい力で前に進んでいくので逆に引っ張られる結果になった。

次の瞬間、聞こえてきたのは女性のかん高い悲鳴だった。

五章　心配性がすぎて同棲が始まりました

「彩果！」

救急車で運ばれた黒瀬《くろせ》総合病院の病室に飛び込んできたのは、血相を変えた堅祐さんだ。見ると額に汗までかいている。

普段仕事でもプライベートでも見せない姿に驚いた。

私はというと、先ほど治療を終え、その後警察にも事情を聞かれ、やっと一息吐いたところ。

病院に着く前には意識がしっかりあった私は、病院にも警察の人にも連絡先と勤め先を確認され、そのどちらかから事務所に連絡が行ったようだ。

私には腕と足に包帯が巻かれ、おでこには大きな絆創膏《ばんそうこう》が貼られていた。と言ってもそれらは全てかなり大げさなもので、二週間もすればすっかり治る程度のかすり傷だ。

ただ打ったのが頭ということもあり、今日は検査だけをし、明日の結果を見て帰るようになった。

「すみません。仕事を途中で放り出してしまいました」

「無事でよかった」

「わっ！」

思いっきり抱きしめられてドギマギする。

（っていうか個室だけどここは病室ですから！）

あまりに強い力に、いつもは手加減してくれているのかな、なんて思う。

「あ、あの、堅祐さん。痛いです」

「すまない」

慌てて堅祐さんが腕を放した。

こんな堅祐さんを見たのも初めてだ。彼は息を吐いて聞いてくる。

「自殺しようとした人を助けて怪我したって？」

「結果的に、そうだったみたいですね」

堅祐さんのいつもより低い声に、ハハ、とごまかすように笑う。

私が見つけた人はハジメではなかった。

彼は大久保《おおくぼ》良輔《りょうすけ》さんというらしく、あの後、私は彼を身体ごと抱きしめるような形で、道路の端まで思いっきり引っ張った。

その時、私だけ縁石に頭をぶつけ、かばっていた腕と転げた時に足にかすり傷を作ったというわけだ。

大久保さんは少し足を擦った程度だったので、それはよかった。

でも思っていたより私がガツンと頭をぶつけ、一瞬だけ気を失ったので救急車まで呼ばれてしまったのだ。

助けたはずの私がそんなふうになってしまって、少々どころかかなり恥ずかしい。

この程度の怪我なら、本来救急車なんて乗らずに歩いて病院まで来られたのに。車を運転していた人も少しパニックになり、救急車を呼んで、その後きちんと警察に対応してくれたようだ。

私は子どものころはやんちゃだったので、怪我も多かった。この病院だって何度かお世話になった経験がある。

「でも、誰だったとしても助けられてよかったです」

「よくない！」

ピシャリと厳しい声が降ってきた。

ビックリして堅祐さんを見上げると、おどろおどろしい雰囲気を醸し出しながら、めちゃくちゃ怒っている。

「す、すみません！」

なんとなく謝ってしまう。そんな私を堅祐さんは再度抱きしめた。

一瞬また力が強すぎたけど、気づいたように少し緩められる。

「どれだけ心配したか分かっているのか？」

ずっとドキドキと大きな音を立てている彼の心臓の音がこちらまで伝わってくる。

彼の背中に腕を回した。

「心配しましたよね」

「当たり前だ」

声が泣きそうに思えて、その大きな背を二度叩いて口を開く。

「大久保さんがハジメに見えたんです。まさかとは思ったんですけど。それもあってつい」

「つい、と言って考える前に動く癖を直してくれ。いくつ心臓があっても足りない」

「はい。本当にすみませんでした」

「俺の前から彩果がいなくなるなんて考えたくないんだ」

彼の言葉や心臓の音全てからすごく心配してくれていたって分かったから、これからは気を付けようと思った。

それから堅祐さんはなぜか病室を離れなくて、「仕事に戻ってください」と言っても「今日はもう終わらせた」の一点張り。

しかも面会時間外にも許可を取ってついているとまで言う。

「えぇ、いいですよ！　この通り元気なんで心配しないで帰ってください」

「だめだ。ほら、もう話してないで寝ていなさい」

「まだ六時半ですよ!?　眠れないですって！」

どこの世界に午後六時半に眠れるＯＬがいるのか。

結局半ば無理やりベッドに寝かされ布団をかぶせられた。

しかし、目を瞑っても全然眠れない。六時半なのだから当たり前だ。

困ったなぁと思っているところで病室の扉が開いた。

これ幸いとベッドに身体を起こす。大久保さんが来てくれたようだ。

大久保さんはよく見ると全然ハジメには似ていなかった。

彼は私と目が合うなり、勢いよく頭を下げる。

「申し訳ありませんでした！　あなたを巻き込んでいたと思ったら、今になって怖くなって」

「私の怪我は大丈夫ですから。それより大久保さんの心の方が心配です」

「会社に行くのが嫌で、ぼうっと立ってて……このまま飛び込んだら会社に行かなくていいのかなって。気づいたら足が動いてたんです」

私は楽観的な性格のせいか思いつめすぎることはないが、根が真面目な人ほど自分で抱え込みすぎる事情はなんとなく分かっていた。

辛さの全部は分かってあげられないけど、分かってあげたいとは思う。

これまで堅祐さんがクライアントの相談に真摯にのっている様子を見てきていたから余計に。

「私でよければいつでも話を聞きます。仕事だってここまで追いつめられてるなら転職する方向で少し考えてみてもいいかもしれませんよ？　お手伝いするんで一緒に探しませんか？」

頼りないかもしれないけど、何か力になれればいいのに。

しかし、大久保さんは黙り込む。その時隣で堅祐さんが口を開いた。

「どうして会社に行くのが嫌になったのかは私にも詳しく事情を聞かせてくださいませんか？　私は弁護士です。あなたの力になれることがあるかもしれない」

頼もしい堅祐さんの言葉に、大久保さんは少し悩んで頷いてくれた。

それから大久保さんは時々涙目になりながら、ポツリポツリと今まであったことを話してくれた。彼は会社で、ひどい労働環境の下、不当な扱いも受けていたようだ。話した後、大久保さんは帰っていったが、最後、少し顔色がよくなっていたのが印象的だった。

「大久保さん、本当に大変だったんですね。大丈夫かな」

堅祐さんはグシャッと私の髪を撫で、大きく息を吐いた。

その夜、いつのまにか眠ってしまった私の額に優しく触れる感触がある。

撫でられているのは昔の傷が残っている場所だと思った。

「自分が怪我しても、いつも相手の心配ばかりするんだよな」

堅祐さんの声が聞こえた気がしたけど、それが夢か現実か分からなかった。

翌日は土曜だった。私は特に問題もなく退院を迎えた。

マンションに戻ってみると、引っ越し業者が来ている。

「どなたか引っ越しですかね？」

「俺たちだ」

「へぇ、そうなんですか。……俺たち!?」

頷いてすぐに聞き返していた。

「え？　な、何。どうして引っ越し!?」

「転居先は、ここから徒歩十分の距離にあるマンションだ。だから事務所からもたいして距離は変わらない。もともと俺が所有していたマンションだから家賃もないので安心してくれていい」

「ちょ、ちょっと待ってください。そんな説明をしてほしいんじゃなくて！」

（何から聞けばいいのか分からないけど、その説明は求めてない！）

怪我をして退院後自宅に戻ったら、引っ越し業者が荷物の運び出し作業を進めていたという人は、世の中にいったいどれだけいるんだろう。

「全て業者がしてくれる。最後に忘れ物がないかだけ確認してくれ」

「私が聞きたいのは、なんで何の相談もなく引っ越しが決定して実行されているのかってことですよ！」

「やっぱり君は一人にしておけない。そう判断したからだ」

「えぇっ」

自分が悪いのは重々承知している。

昨日だって、あんなに心配した顔の堅祐さんを見た覚えがなかったから。

(だけどこれってやりすぎじゃないですか!?)

泣きそうになりながら抗議する。

「話し合って決めればいいじゃないですか！」

「君はこれだけ人に心配をかけて、まだ一人で暮らすというのか？」

「いや、申し訳なかったとは思いますが、あれは一人暮らし云々関係ないですし」

そもそも一緒に暮らしていても怪我をしている案件である。

だけど堅祐さんは全く譲る様子もない。さらに——。

「俺が安心できないと言っている。心配で、俺の仕事が手につかなくなってもいいのか？」

(わぁ、脅し方が斬新！)

上司として絶対ダメな交渉術だ。

確かに、秘書としても堅祐さんの仕事が手につかない状態になったら困る。

どれだけたくさんのクライアントを抱えているかよく知っているから。

「な、なんですか、それ！　卑怯！」

「なりふり構っていられるか。異議申し立てなら聞いてやる。俺に勝てると思うならな」

「堅祐さんみたいな人に誰が勝てるんですか！」

後ろでは、私のお気に入りのソファが運ばれていくところだった。

私はムスッとした顔をしたままそこにいた。

そのマンションは敷地をぜいたくに使った五階建てで、新しい部屋は五階だ。

部屋数は五つあるようで、今私がいるリビングも二十五畳以上ある。

「いつまでむくれているんだ？」

「別に」

ポンポンと頭を叩かれ、目の前で困ったように笑われる。

「嫌だったか？」

同棲は元から誘われていたし、想像だってしたこともある。

さらに、いざこうなってみると嫌じゃないと思ってしまっている。

だからもうむくれるしかないのだ。

それに文句の一つはまだ残っている。

「嫌じゃないですけど。やっぱり相談くらいはして決めてほしかったです」

「すまない。どうしても心配で我慢できなかった」

「なんですか、その子どもみたいな理由。それにまたすまないって顔してない！」

やっぱり堅祐さんは反省していないように笑った。

（何それ、狡い）

あまり流されたくないけれど、そもそも堅祐さんの顔がよすぎて、さっきから彼に心臓の音が聞こえてしまうほど私の心臓は暴れている。

今日から一緒に住むんだと思うと、余計にドキドキしちゃっているし。

問題は、いつまでこの不機嫌さを続けておくかということ。

簡単に許したら、これから先も好き放題されちゃうし、かといって、このままずっと怒って離れておくのも難しい。

どうすればいいかな、と考えだしたら、どうでもいい質問が飛び出した。

「堅祐さんって高校時代も高層階に住んでたから、低層階なの珍しいですね？」

「実は高層階はあまり得意ではない」

堅祐さんは意外なことを言った。

確か付き合う前に高いところにも上っていたはず。

「観覧車やジェット機は!?」

「あれは吊り橋効果を狙っていただけで俺は得意ではなかった」

「事務所は三十階以上じゃないですか」

「仕事だから我慢している」

顔色一つ変えず、きっぱりと言った堅祐さんに面食らってしまう。

（そっか、事務所の場所も堅祐さんは選んでないんだ）

小さな発見が大発見に思えて嬉しい。

「ふふっ」

つい笑ってしまった私を見て、堅祐さんも目を細める。

「昔から、彩果は俺が弱みを見せると喜んでいたよな」

「でした？」

「そうだよ。ドリンクバーを知らなかった時も」

「あ、あれもおもしろかったです」

また笑ってしまう。高校時代、堅祐さんが初めてのドリンクバーに挑戦するところに一緒にいられた。

私の説明を真剣に聞いてくれている堅祐さんが新鮮でおもしろかった。後にも先にも、あの日ほどジュースを飲んだ日はない。

私の笑っている顔を堅祐さんが覗《のぞ》き込むように見て、微笑む。

（あ、もう許しちゃってるじゃん）

どうやってもこの相手には勝てないようだ。

「なんか堅祐さんの思い通りばっかりになるのは解せませんね」

言うなり、堅祐さんは首をひねる。

「俺は彩果といると、思い通りにいかないことばかりだぞ？　予定外のことばかり起きる」

「嘘」

「本当だって。今も、退院したばかりだから自制しようと思っていたが、今すぐ抱きたくなっている」

「ぶっ……！」

（ストレートすぎますね！）

私だってそれは全く予定になかった話。だけど――。

彼の首に腕を回し、ちゅ、と軽く口づける。

「じゃあ一緒に予定外のことしちゃいましょうか」

堅祐さんも分かっていたように目を細めた。

月曜日、事務所に行くなり受付の鷺宮さんに声をかけられた。

「麻宮さん、聞きましたよ！　同棲なんてもう結婚も遠くないですね」

「な、なんで知ってるんですか！」

（いつかバレるとは思っていたけど、いくらなんでも早すぎる！）

焦る私を見て、鷺宮さんは呆れるように息を吐いた。

「事務所のマンションですよ？　同じ日に引っ越したら嫌でも分かりますって！」

「あぁ、引っ越しか……」

さすがに二つの部屋が同時に引っ越すのは不自然だったのだろう。

そう思ったところで鷺宮さんは笑う。

「まぁ、本当はもっと前から知ってましたけど」

「え？　前から？」

「ほら、麻宮さんが依頼に来た時」

「はい」

「あの時、これまで見た覚えもないくらい堅祐先生が緊張してたんですよ。しかも、ぎゅうぎゅうの予定のとこに無理に麻宮さんの相談を押し込んでいたので、きっと大事な方なのだろうと思っていました」

「そうだったんですか」

（堅祐さん、なんて分かりやすい！）

さらに加えられる。

「麻宮さんが引っ越してきた一か月くらい後も、麻宮さん、マンションの廊下で大きな声で謝ってませんでした？　プロポーズがどうこう言ってたような」

「え……」

よくよく思い出せば、確か夜のマンションの廊下で自白して謝った。プロポーズされた人間だと言った覚えもある。

（堅祐さんだけじゃなく、私も隠せてなかったんですね！）

鷺宮さんはまだ続ける。

「あの後も金曜の夜、二人してよく帰ってきてたじゃないですか」

「う……。でも、あれ？　確か鷺宮さんって、事務所のマンションには住んでないですよね？」

「……あぁ、それは、今はいいとして。お二人のことです。私、堅祐先生に直接聞いたんです。堅祐先生、指輪もしてらしたから気になって。そしたら――」

息をのんで続けて聞いた。

「『指輪は麻宮さんとペアのもので、彼女は俺がずっと好きだった人なんだ』ってきっぱり言ってました。あぁ、これは応援するしかないなって事務所のみんなで話してました」

「えぇっ！」

仕事中はプライベートを出さないのに、二人とも全然隠せていなかったらしい。

堅祐さんに至ってはあっさり自白している。

そんな話まで知られていたのが今更ながらすごく恥ずかしい。

道理で指輪をしてからも、誰も突っ込んでこないはずだ。

「うちの一途な副所長をこれからもよろしくお願いしますね」

鷺宮さんは優しく微笑んで、私の肩を叩いた。


事務所のみんなにとっくに知られていたのは衝撃だったけど、同棲生活は極めて順調だった。

私も堅祐さんもお互いの苦手な部分を補い合って、家事は何も問題なかった。

食事が作れない日は『デリバリーを頼もう』と言われた。てっきりバイクや自転車に乗った配達員を想像していたら、数人のシェフがやってきたのには驚いたけど、最近は慣れてきた。

ただ一つの問題は――。

その日は、私が早かったので冷蔵庫にあったもので簡単に炒《いた》め物と味噌汁《みそしる》を作った。

これから副菜を作ろうという時に、堅祐さんが帰ってきた音が玄関からした。

つい走って出迎える。

「おかえりなさい！」

「ただいま」

堅祐さんが目じりを下げ、そのまま私を抱きしめてキスをした。と思ったら、すぐに激しいキスに変わり、背中にするりと手が入る。

「あのっ、先に食事」

「先にこっち」

なだめるように額に口づけて耳元に唇が落ちる。

――問題があるなら、これだ。

生理の時や、どうしても時間が合わない時以外は、毎日帰ってきてから抱き合っている。

食事もままならないので、ちゃんと食事をしてほしいのだけど何回言っても変わらない。

「今日はダメ！　食事を先に食べてくれないと今日は一緒に寝ませんよ！」

今日こそは、と本気で怒った私を、堅祐さんは本心を窺うようにじっと見つめる。

「本気？」

「本気です。ソファで寝ますから」

怒って言うと、堅祐さんは息を吐く。

「……仕方ないな」

「私がわがままを言ったみたいな空気を作らないでくださいよ。っていうか、一日くらい別々に寝たっていいじゃないですか！」

一緒に寝るとロクな結果にはならないのだ。

抱きしめられて寝るのは好きだけど、抱きしめられるだけで終わったためしがない。色々触られるとどうも私も悶々としてしまってああなる。

とにかく朝までぐっすり眠れない。

だけど堅祐さんはじっと私を見つめて、

「今まで我慢してきた分、全然足りないんだ」

とやけにきっぱり言うのだった。

あまりに一緒にいすぎて、出張の時はなんだかぽっかり穴があいたみたい。

いつの間にか身体の一部になっているのだと気づいた。

堅祐さんが出張に出かけたその日、私は久しぶりに麻衣の家に行っていた。

「本当によかったよ！　おめでとう！」

いつも通り麻衣とビール缶で乾杯し、麻衣が言う。

私は麻衣に頭を下げた。

「報告がすっかり遅くなってごめんね」

「いや、忍足先輩から聞いてたし」

驚いて麻衣を見ると、彼女はパチンと手を合わせる。

「ごめん！　実はKAGAMIの整理頼む前から先輩と時々話してたんだ！」

「ええっ！」

私は麻衣がKAGAMIの倒産の時に堅祐さんに初めて話しかけて頼んでくれたんだと思っていた。だけど違ったようだ。

申し訳なさそうに麻衣が続ける。

「先輩、元から私が顧問先の会社にいることを知ってたみたいなの。それで、声をかけてきてくれて。私、高校時代にお世話になったから覚えてたみたい」

高校時代、麻衣は付き合っていた彼に撮られた写真を、別れた腹いせにネットに載せられた過去がある。

「あの時、あまりに元カレがふてぶてしいから、泣いた私の代わりに、彩果が怒って。元カレが彩果につかみかかろうとしたのをよけたら、あいつが勝手に怪我したんだよね。それを彩果に怪我させられたって言ったのも腹立ったわ」

「ハハ。でも、あの時は私が突っ走っちゃってごめん」

「ううん、私こそごめん。あの時混乱もしてたし、みんなにも知られたくなくて、きちんと彩果をかばえなかった。だから彩果が呼び出された時、手紙だけ挟んで逃げたの。それを先輩が見つけて何とかしてくれたんだよね」

「誰にも言わないって約束したのに、堅祐さんには言う結果になっちゃったんだよね」

他にも同じような思いをした女子が多数いたので、結局、全部隠密にとはいかなかった。

「むしろ助かったよ。先輩のお父さまにも助けてもらった。あの後ね、ネットに出ちゃった写真もすぐに削除申請してくれて、それからも出るたび気にしてつぶしてくれたみたいで、予想以上に広がることはなかったんだ」

「そうだったんだ」

そのころ堅祐さんは生徒会長になったばかりで、雰囲気とか話し方とかで私は彼が冷たい人だと思っていた。だけど、全然違ったんだなって反省した。

そこから堅祐さんが気になり始めて、好きになった。

「っていうか、前から知ってるってことは、もしかして既婚者じゃないってことも知ってたの？」

「あぁ、指輪の件か。うん。ごめん、知ってた」

あっさり麻衣は言う。

「なんで教えてくれなかったのよ！」

「あれは先輩がそうしたいって言ったの。彩果が自分を怪我させたことをずっと後悔しているだろうから、結婚していると思わせないと顔を合わせてもくれないだろうなって」

「えぇっ！」

「そんなことないでしょ、って思ったけど、実際そうだった」

確かに、先輩があの怪我があっても、ちゃんと結婚しててよかったって思ったから会えたようなものだけど。

驚愕する私に、麻衣は続ける。

「今もさ、顔合わせた時はよく彩果の話を聞いてるよ」

「話って何言ってるのよ」

「基本のろけ」

「何それ」

思わず苦笑する。人のいないところでのろけないでほしい。目の前でも嫌か。

麻衣は再度ビール缶を持ち上げた。

「よかったね、彩果」

「ありがとう」

二人で乾杯、と言ってコツンと缶をぶつける。

なんだかこれまでの経緯を全て知っている麻衣に報告するのはむず痒《がゆ》い。

麻衣が嬉しそうだから特に。

「忍足先輩、あれからずっと彩果のことを思って頑張ってきたんだよ。彩果もさ、加賀美と付き合いだしたのって、先輩を忘れるためだったところがあったでしょ?」

言い当てられてドキッとした。『先輩と正反対のタイプを好きになった方がいいのかな』って思ったのは確かだ。

「二人が付き合えるまでずいぶん時間がかかっちゃったけどね。本当によかったよ」

麻衣が笑って言う。色々驚いたけど、こうしてずっと友だちでいる麻衣に祝福してもらえることは、素直に嬉しかった。

六章　過去との再会

朝の通勤時、空は澄み渡っていたものの、冷たい風が身体を横切っていった。寒いのは苦手なので、春になるのが待ち遠しい。

その日の仕事中、柴田さんが思い出したように聞いてきた。

「麻宮さんって、まだ裁判を見に行ったことはなかったよね？」

「実は、はい」

私は基本的に内勤が多く、裁判所に行くとしても書類を届けたり受け取りに行ったりするだけ。

実際の裁判はまだ見ていない。

「今日、大久保さんの民事裁判があるんだけど見に行かない？」

「いいんですか？　ぜひ」

大久保さんは、以前自殺しようとしたところを助けた男性だ。

あれから堅祐さんが、大久保さんから何度か話を聞き、大久保さんは勤めていた会社を相手取り裁判をすることとなった。

大久保さん自身、今は仕事を辞めて少しだけ落ち着いたみたいだ。

仕事の中で私は、堅祐さんから、大久保さんのSNSを全て印刷するようにお願いされたけれど、それがどんなふうに使われるのか分かっていない。

堅祐さんは「こんな会社と上司じゃなければ大久保さんは自殺まで考えなくてよかったんだ。そうすれば彩果も怪我をせずに済んだ。それがどんなことか思い知ってもらわないと」とブツブツ言っていたので、ちょっと気になっていたし。


「相変わらず大きいですよね」

まっすぐ見上げたのは地方裁判所の建物。隣にいた柴田さんが頷く。

「ここは高裁と一緒だからね」

「高裁って高等裁判所、ですか？」

「だね。第一審は地方裁判所で判決が出て、それが不服なら高等裁判所へ控訴。高等裁判所は都市部にあって地方裁判所と一緒の建物の場合が多いかな。今日は地方裁判所ね。こっち」

柴田さんとセキュリティチェックを受けて、裁判所内へ。

見るのに抽選がないのか気になったけど、殺人や世間をにぎわした事件でないなら傍聴人はさほど多くなく抽選はないらしい。

場所は第三小法廷というところ。

中に入ってみると、テレビで見る場所より少し小さく感じた。

「思ったより小さいですね？」

「これくらいの事件は大体小法廷だよ。訴額が低ければ簡易裁判所だし」

「でも、なんだかすごく緊張する空気です」

「刑事事件だともっと緊張するかも」

「そうですか」

うちの事務所ではあまり刑事事件を扱わないが、そちらも一度は見ておきたいと思った。

時間になり、先生や会社の人たちが入ってくる。

大久保さんは緊張した面持ちだったが、あの事故の日よりずいぶん顔色はよくなっている。

原告側に堅祐さんと大久保さん、被告側に大久保さんの元勤め先であるサワモトテックの人事部長と、大久保さんの上司、弁護士が座った。

裁判が始まるとシン、とした空気の中で裁判長に指名され、堅祐さんが口を開く。

「原告代理人の忍足です。大久保さんは、長時間労働に始まる劣悪な労働環境、最低賃金の給与、そして、暴言によって心身を病んでいきました。ついには車道に飛び出し、自殺を図ろうとされました。今も病院に通い心身の治療を続けています。本件は、大久保さんの治療費、慰謝料、および、会社と元上司で課長の輪島《わじま》さんからの謝罪を要求するものです」

いつもよりきっぱりした声だと思った。

原告の話が終わり、被告側に話が振られる。

「長時間労働の実態はありません。また、劣悪な労働環境はなく、こちらは労働基準法に照らし合わせても問題ないものです。大久保さんは暴言によって心身を病んだのではなく、お母さまを亡くされたショックから精神を病んだものではないでしょうか」

大久保さんはあの事故の一か月前にお母さまを亡くされている。

大久保さんが怒ったように口を開いた。

「違います！　母は関係ありません。むしろ忙しさの中で母の死にも立ち会えなかったと悔やんでいます！」

「原告、不規則発言は控えてください」

裁判長が言う。裁判では好き勝手に意見できるわけではないようだ。

堅祐さんが手を挙げ、指名されて続ける。

「精神を病んだのは、あくまで会社ではなく、プライベートでとおっしゃるんですね。しかし、会社で上司からの暴言は日々続いていました。こちらは原告のSNSのコピーです。毎日どのような暴言があったか、詳しく綴《つづ》られています。日付を見ていただければ分かりますが、こちらは三年以上前から続いています。投稿日時も科学的に証明できます」

思わず隣にいた柴田さんに聞いていた。

「ご自身で書いてたものですよね。あんなのが証拠になるんですか？」

「十分証拠になるよ」

堅祐さんがスクリーンにグラフを映す。

「こちら暴言を具体的に分かりやすくグラフ化したものです」

各暴言を回数順にグラフ化していて、どれだけ暴言を吐かれてきたか分かりやすい。

柴田さんがポツリと呟いた。

「多く見せるのも技の一つなんだ。裁判官の心証がずいぶん変わる」

「へぇ……」

自分の仕事がここにつながっていたのか、と思った。

「しかも今回の裁判長は潔癖な性格だから、後から主張と違った事実が出てくるのをかなり嫌う。だから堅祐先生は事実と違った証言を強くついてくるはずだ」

「裁判官の性格まで考えるんですね」

「事件を起こすのも巻き込まれるのも人だ。そして裁くのも人。過去の判例に合わせて判決を出すだけならＡＩにでもさせるよ。ってこれは堅祐先生の受け売り」

ニッと柴田さんは笑った。

堅祐さんは続けている。

「また社内のメールも確認させていただきました。本人が送られたと言っていたパワハラを示す内容のメールですが、こちら削除されたんですね。甲四号証が復元できたメールです」

元上司の顔色が分かりやすく変わった。

堅祐さんは書類を指さす。

「ちなみにこちらはメール履歴に残っていたものではありません。元データから削除されていました。このように元から削除しようとすると一社員の権限では不可能です。その点は、専門家からもご意見をいただきます」

出てきたのはサワモトテックの社内システムを構築したという会社の社員。証言によれば、堅祐さんの言っていた通りで、ただの社員である大久保さんの上司だけの権限では元データからの削除は不可能だそうだ。

「つまり会社もパワハラの事実を知っていた。そのうえで隠蔽を指示したと捉えられても仕方ありません」

「それはそちらの勝手な妄想でしょう」

「あくまで証拠に基づく仮定ですが、可能性の高い話だと思っています」

きっぱりと堅祐さんが言い、相手方が黙った。

「暴言に加え、原告は残業が続き、心身ともに疲労していました」

「基本的に残業はさせていません。入出記録も提出したでしょう」

「確かに、入出記録には残業は一分もついていません。しかし社用パソコンの使用履歴をさかのぼると、毎日深夜、下手すれば早朝まで休憩なく使用されていました」

「それは勝手に使用していたのでしょう。知りませんでした」

「いえ、あなた自身、社員は残業している事実をご存じでしたよね」

「まさか！　もし勝手に残業してたと知っていたら止めていましたよ」

「それは社員のうち誰であっても？」

「えぇ、もちろん誰であってもです」

堅祐さんがノートパソコンを取り出す。

そこに映ったのは、きらびやかな夜の店内。特有の髪型とドレスの女性たちが映る。行ったことはないけれど、キャバクラといわれるようなお店だろう。

そして先ほど話していた元上司とさらに人事部長がお酒を手に赤い顔で映った。

『あいつらはまだ仕事してるよ。能力のないやつは人の何十倍も働かないと会社の利益にならないよな』

アハハ、と法廷に映像の笑い声が響く。私はつい顔を顰めていた。

「この日は誰も残業していないはずの二月一日、時刻は夜十一時半を回っています」

「異議あり！　証拠として申請されていない映像です」

被告代理人が手を挙げる。裁判官が静かに「異議を認めます」と言った。

堅祐さんはサラリと言う。

「うっかり先に流してしまいましたが、こちらは先ほど手に入りまして。証拠として後ほど手続きを踏んで提出させていただきます」

隣で柴田さんが呟く。

「絶対うっかりじゃないでしょ。堅祐先生がうっかりすることなんてないもん」

確かにプライベートでもうっかりしたところは見た覚えがない。

堅祐さんはさらに加えた。

「残業代未払いについては、他の社員からも証言が取れています。こちらは別途、他の社員たちと集団訴訟を提起する予定ですので、別の法廷でお話ししましょう」

私の隣では柴田さんが苦笑していた。

「んー、今日はいつもより、なんていうか一段と追いつめてるなぁ」


私たちは裁判の後、別室で話していた堅祐さんと大久保さんを待って、出てきたところで声をかけた。

「大久保さん、堅祐先生、お疲れ様です」

大久保さんが私を見て頭を下げた。

「麻宮さん、ありがとうございました。傍聴席に麻宮さんを見つけて、勇気が出ました」

「それならよかったです」

「それに忍足先生がいてくださったので、安心してお任せできました」

確かに絶対敵には回したくないが、味方なら心底安心できるだろう。

柴田さんが堅祐さんに聞く。

「もしかして、さっき被告側から何か提案がありました？」

「あぁ。和解を申し込んできたんだ」

「和解？」

「勝ち目のない裁判が長引くのを恐れたんだろう。裁判で出た話をマスコミによって報道されれば社会的損失も大きい。今なら請求額以上に吹っ掛けられますよ」

大久保さんの方を向き、サラリと堅祐さんが言った。

大久保さんが戸惑った様子で口を開く。

「吹っ掛けるって」

「裁判を続けて白黒はっきりさせたいですか？　それがお望みならもちろん最後まで戦います」

「僕は、あちらから謝罪してくれるのなら十分なんです」

大久保さんはきゅ、と唇をかんで言った。

やはり根が真面目で優しい人なんだと思う。余計に元上司や会社に腹が立つ。

堅祐さんは一度頷いた。

「では謝罪込みを条件で和解の話し合いを持ちましょう」

「はい」

「しかし……大久保さんの痛手を取り戻すのは謝罪もですが、お金なんですよ。賠償金と残業未払い金がしっかりあれば、あなたはこれからじっくり転職活動ができます。だからしっかりぶんどってやりましょう」

はっきり堅祐さんが言った。それを聞いて、ハハ、と大久保さんが笑う。

初めて見た大久保さんの晴れやかな笑顔だと思った。大久保さんはもう大丈夫だろう。

別れ際、大久保さんは堅祐さんに丁寧に頭を下げる。

「先生、ありがとうございました」

「これからはもう自分の命をかけて何かを訴えるような馬鹿な真似はしないでくださ い。何も反論できない相手には、あちらも自分の都合のいい意見だけを貫こうとする。そして何も変わりません。あなたの何よりも大事な命をかけるだけ無駄だ。また、何かあったら絶対に相談してください。話せば変えられることはたくさんある」

私はつい堅祐さんの言葉に頷いていた。

隣を見ると大久保さんの目に涙がにじんでいた気がした。

帰り道、柴田さんはちょうど知り合いに出会った、と言い裁判所前で別れた。

堅祐さんと歩いて事務所に戻る。スキップしたいくらい足取りは軽くなっていた。

「大久保さん、表情もすごく明るかったですね。よかった」

「絶対勝つしかないって思っていたよ。でなきゃ、彩果が怒り狂いそうだし」

「なんてイメージを持ってるんですか」

「だって、昔の坂野の件だって、誰より怒っていただろ。俺はあの時、彩果の方が弁護士に向いているかもしれないと思っていたんだ」

「まさか」

弁護士なんて私に向くはずがない。

そもそも進学校でもあるあの高校に入れたのは奇跡のようなもので、高校以降勉強はさっぱりできなかった。

「ただ正義感が強すぎるのもほどほどにしないと周りはヒヤヒヤさせられっぱなしだがな」

堅祐さんは事故からことあるごとにそんなふうに言う。

私はそのたびに反省する。

「本当に申し訳ありませんでした」

「もう絶対に無茶はしないように」

「はい」

何も考えずただ動いちゃう私とは違って、堅祐さんは相手を考えた上できちんと手順を踏んで動いている。

結果、それが一番相手のためになっている。

きっと本当に誰かの役に立つというのはこういうことなんだろうと思っていた。

「私だけでは絶対に大久保さんの悩みは解決しませんでした。堅祐さんは正義の味方です！　ありがとうございました！」

嬉しくて笑って言うと、少し困ったように笑われた。

なんだろう、と首を傾げるなり、引き寄せられ路地裏に連れ込まれる。

顎を引かれ、突然、唇が重なった。

「んっ……！」

路地裏といえども外。

誰に見られるか分からない緊張感からか、それともさっきまで法廷でキビキビと話していた唇だからかは分からないが、自分の心臓の音がやけにうるさい。

そっと唇が離れるなり、堅祐さんはふっと笑った。

「これくらいの褒美はないとな」

「これだけでいいの？」

自分の欲望だけでつい言ってしまって、ごまかすように笑う。

「なんて、ふふっ。……ふぁっ！」

次は思いっきりキスされた上に、舌まで差し込まれ、自分が慌てる結果になった。


次の週末、目が覚めると堅祐さんは隣にいなかった。

リビングに行ってみると、書類を持ってソファで仕事をしている。眼鏡をかけている堅祐さんを見て、ふいに高校時代の彼を思い出した。

つい見とれている私に気づいた堅祐さんが、こちらを見て目を細める。

「おはよう。まだ早いし、もう少し寝ておけばよかったのに」

「あ、あの、はい。おはようございます」

「ん？」

堅祐さんは不審そうにじっと私を見た。

（どうしよう、堅祐さんが眼鏡をしているせいで、高校時代を思い出して本当に不審になってしまってる）

ごまかすように視線をキッチンに向け、何とか言葉を紡いだ。

「コーヒーを淹れますね」

「ありがとう」

今更、こんなにドキドキするなんて。

裁判の時とも、職場にいる時とも全然違う、プライベートな堅祐さんを見るだけでも心臓に悪いのに、高校時代のように眼鏡もかけていると、なんというか、もうだめだ。

以前は罪悪感からテレビに映る彼すら見られなかったけど、それよりひどい気がする。

一緒に暮らし始め、日々の中で堅祐さんに慣れると思っていた。

だけど全然慣れていない。むしろ知れば知るほど、余計に好きになっている。

(どうして私だけこんなに毎日ドキドキしなきゃならないのよ。狡い！)

息を吸って吐いて、コーヒーを淹れることで心を落ち着けようとした。

コーヒーを渡すなり、「ありがとう」と堅祐さんが笑う。

(笑顔の破壊力がとんでもない！)

どうしても直視していられなくて、つい視線をそらしてしまった。

堅祐さんが微笑む気配がして、ポンポンと隣に促される。どぎまぎしながら私もソファに座り、少ししてから、彼が眼鏡のままこちらを覗き込んだ。

「どうした？　何か様子が変だな？」

（覗き込まれるとさらにドキドキしてしまうのでやめてください！）

とは言えない。

視線をあちこちに移しながらしどろもどろで答えた。

「だってなんか高校時代みたいですし、あの時はこの距離で話すこともなかったですし……」

（しかも高校の時よりかっこいいですしね！）

堅祐さんは、あぁ、と気づいたように自身の眼鏡を指さす。

「眼鏡か」

「はい。いつコンタクトにしたんですか？」

「事務所に入った時だ」

「そうなんですね……」

他愛もない話をしていると頬を持って彼の方にまっすぐ向かされた。

目の前には口角を上げた堅祐さんがいる。

「それでさっきからずっと視線が合わないのか？」

「えっ」

「視線をそらしているだろ。耳も赤いな」

さらに自分では気づいていないことまで指摘され、言葉に詰まる。

堅祐さんが自分のコーヒーカップをローテーブルの上に置いた。

顎をゆっくり引き寄せられ二人の唇が重なる。

眼鏡があるからかいつもと少し角度の違うキス。

彼は固まっていた私にさらに軽く口づけ、キスしながらこちらの手の内のカップも取り上げローテーブルに置いた。

自然に舌が絡んで、心臓の音はさらに速くなっていく。

（キスだけなのに、やけに緊張する）

恥ずかしくなって舌を引けば、追いかけてくる。歯列をなぞり、全てをむさぼるようなキス。気づいたら、夢中でその熱い舌に縋っている。

一瞬、唇が離れた。と思ったらそのままソファに押し倒された。

明るい光がカーテンから差し込み、ソファと私たちを照らす。

「あ、朝ですけど」

「朝だな。よく見える」

「仕事は?」

「ちょうど今、キリもついた」

またキス。離れた瞬間、目の前で微笑まれた。

うぅ……とうなってから、諦めて口を開く。

「眼鏡も、その笑顔も狡い！　断れないって分かってるでしょ！」

「ハハッ、やっと降参したな」

楽しそうに堅祐さんが笑う。そしてまたキスを落としだした。

瞼に、頬に、耳元に小さなキスを無数に落としながら彼は言う。

「後で一緒にシャワー浴びよう」

「一人で浴びますよっ、絶対またロクな結果にならないからっ」

「よく分かっているじゃないか」

そんな少しの会話ですらドキドキする。

何度もキスして、抱き合って。

そのたびどんどん離れられなくなってきているのも実感していた。

二月も終わりだというのにまだ寒い日が続き、なかなか春らしい暖かな日差しも届かない中、問題は起こった。

金曜の夜、久しぶりに祥吾さんの店に顔を出した時のこと。

「おう、久しぶり」

そう言ってカウンターに座っていたのは――。

「は、ハジメ!?」

「久しぶり」

ハジメは白い歯を見せ、ニッと笑った。

身長は百七十三センチ。ふわりとした茶色の髪に、優しげな眉。茶色がかった瞳。

同い年だけど、見た目は学生に間違えられてもおかしくないくらいで、肌もつややかだ。

以前より髪は少し伸びていたが、やつれている感じではなかった。

何ごともなかったかのような明るい笑顔でハジメがそこに座っていたのだ。

「今までどこにいたの!?」

「ちょっと友だちの家」

「それならそうと連絡くれればよかったのに」

「色々やることもあってさ」

思わず祥吾さんを見る。祥吾さんは冷たい目で彼を見ていた。

「座れよ」

ハジメは微笑んで隣の席をポンポンと手で叩く。

(どうしよう。祥吾さんの前で話していいのかな?)

かといって別の店に移動して二人きりにもなりたくない。そのままハジメの隣に座った。

本日のタップを確認し、苦いシュマッツのIPAビールを頼む。

呑んでも酔わないだろうけど、今日はIPA独特の苦みが欲しくなった。

ハジメはお酒に弱いくせになぜか同じものを大きなパイントジョッキで呑んでいて、私のものが来たと同時に乾杯した。

「彩果はどうしてたんだ?」

「普通に仕事してる」

「弁護士事務所に勤めてるんだって? やるなぁ」

「なんで知ってるの?」

祥吾さんは首を横に振っている。ハジメは理由を明かした。

「あのおせっかいな弁護士から聞いた」

きっと堅祐さんのことだ。

「おせっかいじゃなくてちゃんと仕事してくれただけでしょ」

「違うよ。勝手にやるって言ってきただけ。本当、放っておいてくれたらどうにかなったろうに色々細かく指示出してきて無理やり手続きさせてさ」

その言葉に固まる。

「え？　ハジメが改めて依頼したんじゃないの？　依頼料とか報酬は？」

「知らない。俺は必要な書類を作るために使われただけ。俺が依頼なんてするはずがないだろ」

驚いた。しかし彼は嘘を言っているようには見えない。本当にそのようだ。

――依頼料も取るべき相手からきちんと取ったから麻宮さんは気にしないでいい。

堅祐さんはそう言っていた。

（いったいどういうこと？）

悩んでいる私に、ハジメは続けて聞いてくる。

「今どこに住んでるんだ？　今から行ってもいい？　俺さ、友だちの家は出てホテルにいるんだけど、そこが狭くてたまらないんだ。何か月か泊めてくれよ」

「ダメに決まってるでしょ！　何言ってるの!?」

驚いて大きな声が出た。しかしハジメは心底不思議そうにこちらを見ている。

「なんで？」

「なんでって」

（まさかそんなこと聞かれると思わなかった！）

しかしハジメらしいともいえる。

（ちゃんと説明しなきゃ……）

唇をかんで、くるりと丸いハジメの目を見た。

「あのね、私、今、付き合ってる人がいる。その人と住んでる。ちゃんと将来も考えてるの。だからうちに呼ぶとかはあり得ない。ごめん」

終始笑顔だったハジメの表情が初めて曇った。

「へぇ、彼氏ができたんだ。俺がいなくなったから？」

「きっかけはそうだけど、いなくなったから付き合いだしたんじゃない。好きになったから」

どのみちハジメとはダメになっていた。倒産前は、ハジメと連絡がつかなくなっても『またか』と思って探しもしなかったくらいだったし。

「なんで倒産の話、私に相談もしてくれなかったの？　顧問弁護士は廃業してるし、突然いなくなって連絡も取れなくてさ。もし自殺とか考えてたらどうしようって心配したんだよ」

真剣に言う私に、ハジメは小さく頭を下げた。

「ごめん、でも俺が自殺するようなタマじゃないって知ってただろ」

「分かってた。だけど、元気だって分かるまで安心できなかったよ」

「ごめんって。でもお前もさ、勝手に別れたつもりになって新しい彼氏まで作ってって何なんだよ」

「それはお前が勝手にいなくなったりするからだろ！」

静かに仕事をしていた祥吾さんが声を荒らげた。

私は慌てて祥吾さんを止め、とにかく祥吾さんを落ち着かせた。

ハジメが舌打ちをする。

「ったく、なんだよ。俺だけを悪者みたいに」

「先生とハジメが連絡が取れて、元気そうだって聞いて、私と連絡を取る気がないことも分かったから。私が勝手に別れたって判断した。本当にごめん」

頭を下げる。少しして頭上から声が降ってきた。

「付き合ってる相手って、誰だ？」

「それはハジメには関係ない話だよ」

つい突き放すように言ってしまう。そして、ぐい、と自分のビールを呑みほして立ち上がった。

「ここ払うね。ちゃんと話ができてよかったよ。本当はちゃんと会って話して別れたかった。けじめをつけたかったんだ。ずっとそれだけが心残りだったの。じゃあね」

そう言った途端、ハジメが自分のビールジョッキをつかむ。

見る間にグビグビグビと勢いよく呑み切ってしまった。

「は、ハジメ!?」

（お酒に弱いくせに、何やってんの!?）

驚いてハジメを見ると、彼は赤い顔をしてドンッとビールジョッキを置く。

「えぇっ。だ、大丈夫？」

「俺はそんなに悪いことしたか!?　いつだってどうにかなってきただろ!?」

ハジメが叫んで、それから酔っているのか呂律《ろれつ》の回らない言葉で話し出した。

しかもそれが大声で、まだ営業中の店内ではマズイ。

祥吾さんは冷たく言い放つ。

「いいから置いてけ。後で俺が捨てておく」

「捨てるってどうする気よ！　すでに他のお客さんにも迷惑でしょ。タクシーに乗せてくから心配しないで」

「本当に大丈夫か？」

「うん、大丈夫。酔っぱらいの扱いには慣れてる。代金これで」

二人分の代金を先に支払って、なぜか次は眠り始めたハジメをゆすった。

「もう、タクシー乗せてくから起きて！　ホテルどこよ！」

「駅前。歩きでじゅうぶん」

そう言いながらも自分から歩く気はないようだ。

何とか立たせると、ハジメは少し歩いてくれた。

ゆっくり歩いて、ホテルについてみるとそこはカプセルホテルだった。

女性出入り禁止、という看板まで立っている。

「しかも女性は入れないじゃん」

こんな状態の人だけを置き去りにするのも気がひける。

「はぁ……。その辺に座らせて少し酔いを覚まさせよう」

諦めて、駅近くにあったベンチにハジメを座らせた。

それからスポーツドリンクを買ってハジメのいるベンチに戻る。

「これ、飲める?」

「オレンジが飲みたかったぁ」

「わがまま言わない！　ちゃんと飲んでよ！」

怒ってスポーツドリンクを押し付けるとしぶしぶそれを口に含む。

昔からちょっと子どもっぽいところはあったけど、今余計にそれが目立って見える。

年齢以上に落ち着いている堅祐さんといるからかもしれない。

ハジメは一口飲んだ後、急に泣きそうな顔をした。

「俺だってもっと会社も大きくするつもりだったんだよぉ。でも、どんどん業績は下がるし、やってみたいことは金がかかるしでできないし。嫌になって、ぜーんぶまっしろにして新しいこと始めたくなったんだ」

「分かってるよ」

初めて後悔を口にする彼に、私は頷くしかできなかった。

五年も近くにいたんだ。悔しかった気持ちも分かる。

「彩果だって一緒に仕事してて楽しかっただろー。ワクワクしただろ」

「うん。楽しかったよ」

「海外もさ、たくさん行ったよな」

「ハジメは全然英語話してくれなかったけど、買い物とか全部ボディーランゲージで何とかなってたね」

「だってどんな国にいてもどんな言語で話してても、同じ人間なんだもん。伝わるよ」

そのあたりは本当にハジメらしくて笑ってしまう。

私はじっと前を見つめた。

「ハジメはさ、やっぱり人を引っ張るのは向いてると思うよ。今度はちゃんとお金の管理ができる人をそばに置いてもう一度頑張ってみればいい」

きっぱり言った私に、ハジメは首を横に振った。

「彩果がいないとやる気が出ない」

「そんなことない。ハジメは私と出会う前からどんどん一人でやってたよ」

彼は学生時代から人を引っ張ってきて色々な活動をしていた。

学生サークルの立ち上げだってやっていた。

しかし会社となれば、お金や法律の管理は専門家に任せるべきだった。

今の仕事で見ていても、きちんとした専門家に相談している企業は、後々大きなトラブルになっていない。

勢いがあるとはいえ、削ってはいけない場所っていうものがある。

「でもさぁ」

言いながらハジメは私の肩に頭をのせる。気づいたら寝息まで立てていた。

(自由すぎる!)

「ちょっと、寝ないで! 送っていくから」

「うぇぇ……、まだここで寝たい～」

ハジメは頑として動かない。

力は弱い方ではないけれど、さすがに大の男を担ぎ上げるだけの力はない。

「はぁ……」

そのまま溜息《ためいき》を吐いておとなしく座った。

(まぁ、少し寝たらスッキリするだろうし、起きたら送ろう)

ハジメの寝顔を見る。今でも本当に子どもみたいな顔だ。

ハジメは悪い人じゃない。考えなしに突っ走っていただけ。人を惹きつけるカリスマ性があるんだけど、その才能に頼りすぎている。

(私はハジメの自由さに惹かれたんだよね)

また嘆息した時、駅に向かって歩いてきた祥吾さんと目が合った。祥吾さんは驚いた顔をして小走りでやって来る。

「彩果！　まだいたのか」

時計を見ると十二時を回っていた。

「うん。帰るに帰れなくてね。店、もう閉めたの？」

「あぁ。今日は客はけも早くてな。すまなかった。こんなことなら店に転がしておけばよかったな」

「店にもお客さんにも迷惑かけられないよ。こっちこそ、色々巻き込んでごめんね。ハジメ、私が行く場所、祥吾さんの店しか思いつかなかったんだと思う」

「彩果が謝る話じゃない。こいつ、失踪して散々迷惑かけたくせに、帰ってきてからも本当に図々しいよな」

はっきり言った祥吾さんに思わず苦笑してしまう。

「堅祐くん、遅くなったら心配するだろ？」

「大丈夫、今日は遅い予定だと思うから」

その時、電話が鳴った。着信相手を見ると堅祐さんだ。

「わ、噂をすれば堅祐さんだ！」

「俺が一応、彩果がこっちにいるって連絡してたんだよ。遅くなってたし、心配してもいけないと思って」

「あ、ありがと」

なんとなく今日のことは黙っておこうと思っていたけど、それは祥吾さんに伝わっていなかった。

ごく、と息をのんで電話に出る。

『もしもし？　まだ店か』

電話口の彼の声はいつも通りだった。

「店じゃなくて、店の最寄りの駅で――」

『そのままそこで待ってて』

「え……」

電話はすぐに切れた。

来るつもりだろうか。ハジメはまだここにいる。

いや、浮気してたわけじゃないし、祥吾さんもいるけど。

考えている間に一台のタクシーが目の前に止まった。

堅祐さんが出てきて、私を見て心底不愉快そうに眉を寄せる。

考えてみればハジメはこちらに寄り掛かったままだ。

慌てて、ぐい、とハジメをあっちに動かせば「あやかぁ」と情けない声を出す。

(やめて、それは誤解が生じるから!)

慌ててハジメをさらに押して立ち上がった。ハジメはベンチにごろんと転がる。

「しょ、しょしょしょしょ祥吾さん! 後は任せて大丈夫!? そこのカプセルホテルなんだけど、女性は入れなくて送れなかったの!」

「あ、あぁ……。ありがと。堅祐くんもすまない。俺が最初から送ればよかったんだが」

「いえ」

堅祐さんの声が低い。

(何もしてないはずだけど、怖くて堅祐さんの顔が見られない!)

次の瞬間には、逃がさないというように強く手をつかまれた。

帰るためにタクシーに乗っても、手はつかまれたまま。

(黙っていられるのが一番怖いんですけど!)

私は言い訳がましく口を開く。

「あの、あのですね！　会ったのは偶然です。本当に偶然なんです！」

「そうか」

と言いつつ堅祐さんは真顔で前を向いたまま。

（ちゃんと分かってくれてます!?）

マンションに着いてエレベーターに乗り込む。

五階だからすぐ着くはずが、今日はすごく長く感じる。

エレベーターが止まるなりもたもたしてしまった私を、彼は、ひょい、と抱き上げた。

無言ですたすた部屋まで運び、自宅の扉を開けて下ろされると、すぐ顎を引かれて、キスが唇に落ちる。

まだ扉が閉まり切っていなかったので慌てて押したけど、その手も壁に縫い付けられてキスは続く。

歯列をなぞるように這い、奥から奪うように舌を絡める。応えそうになったところで唇が離れ、すぐにトップスの右肩をずらされた。

無防備にさらされた肩にキスをされ、強く吸われる。さらにかまれた。

「いたっ！　なんで右肩ばっかり！」

かんだ肩に、無言でキスが続いて思い出す。

考えてみればさっきまで右肩にハジメが寄り掛かって寝ていた。

(もしかしてそのせいですか⁉)

驚いている私の顔を見て、ギラッと堅祐さんの瞳が光る。

「思い出した?」

(今何を考えていたのかよく分かりましたね⁉)

まるで裁判の尋問みたいでヒヤヒヤしてしまう。

相手方はこんな気持ちなのだろう。絶対堅祐さんだけには尋問されたくない。

「ご、ごめんなさい! ハジメ、すっごいお酒弱いくせに一気に呑んでしまって……んんっ!」

さらに唇が重なった。激しく口内を暴れまわり、舌を絡める。そのまま唾液一滴も残さないように奪われる。

激しいキスは何度も経験があるけど、少し乱暴で、そしてキスからも怒りが伝わってくるような気がした。

固まっている私の口内を何度も責めつくした後、唇が離れる。二人の唇の間を二本の銀糸がつなぐ。

それをボーッと見つめていると、濡れた自身の唇を堅祐さんが舐め、口を開いた。

「もう、あいつの名前を呼ぶな」

ギラギラとした瞳は、嫉妬に燃えているようだ。

これまで見た覚えもない獣のような瞳にぎゅっと息が詰まる。

「ごめんなさい」

「今回は謝っても許さない」

反射的に逃げようとしたけど、そのまままた唇が重なり舌を差し込まれる。

嫉妬する、と口では言っていたけど、ここまでのものなのだなと、その夜思った。

月曜日に出勤準備をする時に、なんだか久しぶりに床に立った気がした。

嫉妬していなくても抱き合う回数は多いのに、嫉妬されるとさらに増えるみたいだ。

もう絶対の絶対に、ハジメには会わない。実際に会う必要だってない。

そう私はこの三日間で決意していた。

シャワーを出て、洗面所の鏡で首元を確認し、足も確認して、ハイネックの服と分厚いタイツを穿《は》くことに決める。

着替え終わってリビングに行けば、そこにはもうスーツに着替え、朝食を準備してくれていた堅祐さんがいた。

「おはよう」

「お、おはようございます」

さっきまでとは全然違う。

彼の仕事モードを目にすると普通は切り替わるのに、今日はいつも以上に抱き合っていた時間が長かったせいか全然頭が切り替わらない。

促され食卓に着く。今日は堅祐さんがコーヒーを淹れて出してくれた。

そして、ツツ、と首筋に触れる。

「隠さなくていいのに」

「隠しますよっ！」

堅祐さんは全然反省していない顔でふっと笑って、自分も食卓に着いた。

「いただきます」

二人の声がそろうのは好きだけど、明らかに私だけ嗄《か》れている。

「コーヒーにもヨーグルトにもはちみつを入れておいたぞ」

「どうも」

そういう配慮が欲しいんじゃない、と思うけど、ツッコむ元気もなかった。

朝食をとりながら、堅祐さんは思い出したように言う。

「最近気づいたんだが、俺は結構嫉妬深いようだ」

「みたいですね」

っていうか、前にも尊さんに嫉妬するとか言ってたし。

考えていると淡々と堅祐さんは続ける。

「もう自分でも信じられないくらい嫉妬してたみたいだ」

「それは十分分かりましたよ！」

嗄れた声でつい叫んでしまった。

祥吾さんもそのあたりは感じたらしく、スマホに【なんていうか、ごめん】とメッセージが届いていた。

それも無性に恥ずかしかった。


その日、昼前から堅祐さんは裁判所。その足で打ち合わせに向かうという。

私はがくがくした足のまま出勤し、内勤でよかったと心底思っていた。

「麻宮さん、お昼食べた？」

昼になって柴田さんが話しかけてくれる。

「いえ、今からです」

そう言って柴田さんを見る。柴田さんはこちらを見て微笑んだ。

「ほら、元気つけなきゃ！　おいしいものでも食べに行こう！」

考えてみれば柴田さんは男性。とはいえ、これまでも二人きりになったことは何度かある。

自分は嫉妬深いと堅祐さんは言ってたし、確かにそうだけど……。あれだけ強引だったのはこの週末が初めてで、本当の意味で嫉妬していたのはハジメだけだったのかもしれない。

それに、柴田さんには聞きたいこともあったので頷いた。

「柴田さんに少しお聞きしたい話があるんですけどいいですか」

「ん？　もちろんいいよー」

「お礼にお昼をおごります」

「え、じゃあ、天神《てんじん》のうなぎ」

天神、というのは事務所の近くにあるうなぎやさん。

ランチタイムでも一人三千円はする。

「ほんと容赦ないですね」

「いいじゃん。僕は幸せ者からは搾《しぼ》り取るって決めてるんだ！」

柴田さんの言葉につい笑ってしまう。

でもお互い遠慮しなくていいので助かった。


天神はほとんどが個室だ。タイミングよく最後の個室に滑り込めた。

柴田さんとうな重を頼んで、店員さんがいなくなったところで、早速本題に入る。

「お聞きしたかったのはKAGAMIの債務整理の件なんです。堅祐先生に聞こうと思ったんですけど、もしかしたら事実を言わないかもしれないと思って。前にもごまかされたような気がして」

「うん、聞いていいよ。何？」

「KAGAMIの件って、加賀美社長から依頼されて、という形になったんじゃないんですか？」

「え？　違うよ。麻宮さん知らなかったの？」

柴田さんは逆に驚いた顔をした。

私は静かに首を縦に振る。

「そっかぁ。言ってなかったんだ」

柴田さんは何度か頷いた後、続けた。

「堅祐先生、加賀美さんの居場所をつき止めて、それから連絡を取ったんだけど、加賀美さんは放っておいたら何とかなるって言い張ったんだよ」

「それ、私にも言ってました」

「でもね、債務はそのままにしておくと、裁判を起こされて資産の差し押さえもされるし、もし勤めていたら状況は勤め先の会社にもバレる。とにかくこれからどんな仕事を選ぼうといいようにはならないんだ」

時間が解決する、とはよく言うが、手続きにおいては時間の経過とともに本人に面倒が降りかかることも少なくない。

「しかも加賀美さんの場合は、返せないって分かってて借りてるものもあったからね。詐欺罪での刑事罰も視野に入ってたから余計きちんとしておく必要があった。前がつくからね」

「前？」

「前科前歴だよ。そうなると普通の仕事に就くのもかなり難しくなる。起業なんてもっと」

それはハジメがやりたいと思ったことがこれ以上できなくなるって話だ。

柴田さんは真面目な顔をして言う。

「今はいいって思うかもしれないけど、人生まだ先は長い。どこかで後悔しないために、きちんと清算できるものはしておいた方がいい。綺麗にできなくても、しようとする姿勢は作っておいた方がいい、と堅祐先生の意向で手続きを進めた」

「加賀美さんの未来を、真剣に考えてくれてたんですね」

「もちろん通常なら彼のこれからの人生を考えてだと思うけど。でも今回の場合は、麻宮さんの方だと思うよ」

きっぱりと柴田さんが言う。

「え？　私？」

「もしそんなふうに彼がこれからの人生で困ったり、後悔したりすれば麻宮さんも気になるだろうって思ったんだよ。だから依頼人は自分ってことにして、手続きを進めた。費用ももちろん堅祐先生が払った」

取るべきところ、とは堅祐さん自身だったのか。

（やっぱりそうだったんだ）

なんとなくそんな気がしていたけど、確信が持てなかった。

柴田さんが言うのなら真実なのだろう。

「なんでそこまで」

「簡単じゃん！　堅祐先生がかなり一途なだけ！　重いくらいにね」

柴田さんはニコッとして言う。

その時、うな重が運ばれてきた。

柴田さんは目を輝かせてうなぎを見た後、いただきまーす！　と声を上げ、一口食べておいしい！　今度彼女も連れてくるよ！　とさらに目を輝かせていた。


しかし、春直前の嵐はまた訪れる。

その日も朝から堅祐さんは顧問先への訪問や裁判の予定でずっと外出。

私は昼前に一度外に出て事務所に戻ってきたところで、受付の鷺宮さんと話している男性が目に入った。

私に気づくと彼は手を挙げる。

「来ちゃった」

「は、ハジメ!?」

(来ちゃった、じゃない！)

そこにいたのはハジメだった。なぜかスーツ姿だ。

思わず周りを見渡す。

いないとは分かっていても、堅祐さんがいなくてホッとした。

「電話では弁護士先生とずっと話してたけど、事務所に来るのは初めてだよ。こんなところだったんだなぁ。すっごいね、ここ」

慌てて使っていない会議室にハジメを押し込んだ。

(堅祐さんには、後で知られてもまずい！)

つい先々週の出来事を思い出して、青ざめていた。

「そもそも、なんでここにいるのよ！」

入るなり怒鳴った私をハジメは飄々と見つめて答える。

「彩果が選んだ男を直接見たかっただけだよ。『堅祐さん』……って、債務整理をした弁護士ってわけか」

「なんで知ってるのよ。祥吾さんに聞いたの？」

「そんなところ」

思わずハジメをじっと見た。

(いったい何なの？　私が誰を選んでもハジメには関係ないはず)

ハジメはからかうように言う。

「彩果も結構、俗世間並みだったんだな」

「どういうことよ……」

「俗世間並みに、学歴とか、収入とか、安定した生活見越して男選んだだけなんだろ？　ちょうど女が結婚したい年齢だもんな」

はっきり言われて言葉に詰まる。

すぐ言い返せばよかった。だけど言い返せなかった。

別に堅祐さんに出会わなかったら結婚したいだなんて思わなかったと思う。

だけど、ちょうど結婚まで考えられる年齢だったとか、相手がきちんとした人だったとか、そういう要素が全くなかったとは言えない。

実際に高校時代全く考えられなかった将来を、今は考えられるようになっているのだ。

黙り込んだ私にハジメがふん、と鼻を鳴らす。

「ほら、図星だったんだろう」

（違うってはっきり否定しなきゃ）

しかしうまく言葉が出てこない。

ハジメは私の両肩を叩いた。

「俺さ、新しいこと始めようと思ってるんだ！　一緒にやらないか？」

「やらない」

「なんで？」

「なんで!?」

ＫＡＧＡＭＩの出来事は全部忘れてしまったのだろうか。

驚いて聞き返してしまった私を見ながら、ハジメは勝手に話を続ける。

「そりゃ最初は大変かもしれないけどさ、絶対に前みたいに楽しいよ。俺は彩果とやりたい」

「いや、私は今の場所がある。堅祐さんもいるし」

「忍足堅祐ってここの所長の息子だって？　いいよな、苦労を知らないやつって」

「お金があるのと、苦労を知らないっていうのは別だと思うよ」

「でも生活するのに困った経験がないんだぜ？　彩果はぬくぬく育って、親のすねをかじって勤めてるやつと結婚なんて向かないよ。俺たちとは全然違う世界で生きてるやつじゃん」

ハジメは笑う。

「お前さ、昔から、おもしろいこととか難しいことに挑戦するのが好きじゃん。何そんなにビビって丸くなってんの？　一緒にやろうぜ」

「やらないってば」

「そんなに結婚したいのか」

「だから結婚が目的じゃないんだってば」

きっぱり言ったのに、ハジメは信じていないような顔をした。そして――。

「なら仕方ないな。彩果、俺と結婚しよう」

と突然言い出したのだった。

「はぁ!?」

「プロポーズだよ、プロポーズ。お前は結婚したかったんだろ。なら、結婚してやるって！　いい考えだろ？」

「いや、だから結婚したいんじゃないんだって！　って言うかなんでハジメと結婚しなきゃなんないのよ！　言ったよね、私には彼氏がいます。その人を信頼してるし、愛してる。ちゃんと聞いてる!?」

「だから勘違いだって」

「どっちが！」

（もう、頭が痛い！）

断っているつもりなのに、全然分かってくれない。

泣きそうになった時、扉が開き、慌ててそちらを見てみれば柴田さんだった。

「麻宮さん、そろそろ仕事でしょ。――あなたは、今日のアポはありませんよね」

「はぁい。でも、また来るよ」

そう言って、ハジメは去っていった。

柴田さんが覗き込んでくる。

「大丈夫？　何を言われたの？」

「いや、何も」

「何もって顔じゃないけどなぁ」

「すみません、助けてくれてありがとうございました。後、堅祐先生が心配するので、このことは絶対に内緒でお願いします」

頭を下げて慌てて仕事に戻った。

――俗世間並みに、学歴とか、収入とか、安定した生活見越して男選んだだけなんだろ。ちょうど女が結婚したい年齢だもんな。

長く一緒にいた人の指摘ってズシンと重く感じる。

帰ってからもハジメの言葉ばかり思い出していた。

堅祐さんはまだ帰っていない。

顔を合わせるとたぶん何か勘づかれてしまうような気がして、その日は先にお風呂に入って眠る準備をした。

(夕飯はいらないって言ってたから、今日は早く寝てしまおう)

ハジメに会ったのもそうだけど、ハジメの言った内容も知られたくなかった。言い返せなかったことも……。

しかし、歯磨きをして洗面所から出たところで、帰ってきた堅祐さんに出くわしてしまった。

(あぁ、もっと早く寝ちゃえばよかった！)

そう思ったけど、できるだけ普段通りに「おかえりなさい」と言う。

堅祐さんは微笑んで「ただいま」と返してくれた。

彼は微笑んだまま聞いてくる。

「もう寝るのか？」

「はい。今日はちょっと疲れてしまって。すみません」

「そうか」

「おやすみなさい」

言いながら寝室に入ろうとした時、腕をつかまれた。

「えっと、堅祐さん？」

見上げると彼はまた微笑む。

突然、暗いままの寝室に押し込まれて、キスをされる。

驚いたけど、おかえりなさいのキスだろうとそのキスに応えた。

しかし、なかなかキスは終わらず、息が苦しくなるくらいにキスは続いてやっと離れた。

堅祐さんは低い声で問う。

「今日、何かあっただろ？」

「いえ」

「嘘だな」

はっきり言われてしまい、柴田さんの顔が思い浮かぶ。

「もしかして柴田さんに何か聞きましたか？」

「ほら。何かあった」

(罠だった！)

動揺を隠せない私を見て堅祐さんは微笑む。

「柴田には何も聞いていないよ。彩果の顔を見てそう思っただけ」

なんて加えられた。

(本当になんでも分かっちゃうんですよね)

このまま逃げ切るのも得策ではないと口を開く。

「あの、怒らないで聞いてくださいよ?」

「内容による」

「う……」

思わず言葉に詰まれば、堅祐さんは「ほら」と促す。

「あの、今日突然ハジ……加賀美さんが事務所に顔を出したんです」

「え?」

堅祐さんの眉がぴく、と動く。私は下を向いて続けた。

「私の付き合ってる相手が堅祐さんだって知ったみたいで。今まで面倒に巻き込んじゃいけないから相手の名前は言ってなかったんです」

「別に面倒に巻き込まれていいから言っておいてくれ」

堅祐さんはきっぱりと言う。

「はい」

「それで？　まさか何かされた？」

堅祐さんが地を這うような声で聞いてきた。慌てて首を横に振る。

「いえ、違うんです。彼氏が堅祐さんだって知った加賀美さんに『俗世間並みに、学歴とか、収入とか、安定した生活見越して男選んだだけ』って言われて言い返せなかったんです。加賀美さんの言う通りで、この年齢になって、堅祐さんみたいな堅実な人が目の前にいるから、結婚まで考えて付き合ってるんですよね」

高校時代、あれだけ先を決められることに嫌悪感を持ったくせに、今、自分が想像してしまっているなんて最低だ。

こちらが泣きそうな顔で話しているのに、堅祐さんは口元に手を当てていた。

明らかに目じりが下がっている。笑っているんだとすぐ分かった。

「なんて顔してるんですか！　これ喜ぶような話じゃないと思います」

「彩果は俺との結婚も考えてくれているんだなと思って」

目の前で堅祐さんが幸せそうに微笑んでいる。

（あ、自分から〝結婚〟って言葉を出しちゃってた！）

今まで自分から言ったことはなかったけど、将来もずっと一緒にいたいと思うとおのずと〝結婚〟という言葉につながってしまった。

「まったく考えてないと言えば嘘になります。一緒にいたいって思うし、堅祐さんを支えたいとも思うので」

「そうか」

堅祐さんはさらに嬉しげに微笑む。そしてそっと私の頬に大きな手を添えた。

「高校時代は全然結婚なんて考えてもいなかっただろうけど、やっと俺に追いついてくれたんだな」

堅祐さんが微笑む。

私はあの時あり得ないって思ってしまって、彼を傷つけて……。

年齢を重ねたからってその意見をコロッと変えているのに、彼は怒るどころか喜んでいる。

「喜ぶなんて変なの」

思わず呟くと、堅祐さんはまた目じりのしわを深める。

(私、この人を好きになってよかったなぁ)

堅祐さんの嬉しそうな顔を見て、私は心からそう思っていた。

唇が重なりそうになった時、ブーブーとスマホの音。それが思った以上に長い。

「電話か?」

問われて、堅祐さんが自分のスマホを確認すると違うらしい。

私も鞄からスマホを取り出す。黒瀬《くろせ》総合病院からの着信だった。

堅祐さんに車に乗せてもらい、黒瀬総合病院につくと急いで病室の扉を開ける。

目の前には、ベッドで足を吊っているハジメが見えた。

頭の方はかすり傷だけの元気そうな顔だ。

思わずホッとしていたけれど、できるだけ冷静な声で聞いた。

「何してんのよ」

「猫がひかれそうでさ、つい」

「ついって」

とはいえ、自分も同じような感じで怪我をしたばかりなので、激怒もできない。

病院からの電話はハジメが事故に遭ったというものだった。

さすがにもう病院に来ることはないだろうと思っていたのに、すぐにまた来てしまった。

ハジメがふてくされた顔をする。

「彩果の電話番号しか覚えてなかったんだよ、悪いか」

「だからってもう関係ない私を連絡先にしないでよ！」

「彩果は知り合いの大変な時に、無視できるタイプでもないだろ。靭帯《じんたい》やっちゃってて一週間入院だってさ」

当たり前のようにハジメが言う。

性格をよく知られているというのは、それはそれで厄介なものだ。

ハジメは顔を上げ、私の後ろを見て眉を寄せる。

「っていうか、なんであんたまで一緒に？」

後ろには堅祐さんが立っていた。

さすがに無視もできないので行っていいかと尋ねたら一緒に行くと言ったのだ。

「送ってもらったの。今、一緒に住んでるって言ったでしょ」

「ちょうどよかった」

ハジメは言いながら、堅祐さんをまっすぐ見つめた。

「俺、彩果にプロポーズしました」

「足吊っといて何言ってるの⁉」

思わずツッコんだ私とは対照的に、堅祐さんは静かに眉間にしわを寄せる。

ハジメは気にせず続けた。

「彩果は俺といた方が幸せになれる。俺は彩果を幸せにできる自信がある。付き合ってるって言っても、たった半年やそこらでしょう。俺たちは五年だ」

「変なとこで張り合わないで！　もう別れてるから！」

（そんなの聞いたら、また嫉妬でどうなるか分かんないよ！）

堅祐さんは深く息を吐き、「元気そうだな。彩果、帰るぞ」と私を連れて病室を出た。

車に乗るなり私は口を開く。

「ちゃんと断りましたからね！　そんなの全然考えられないから」

「分かっている」

本当に分かってほしかった。

堅祐さんは嫉妬深いって言ってたけど、それは私がまだ信頼できるような相手になれていないからじゃないかとも思う。

だって堅祐さんが一途に思ってくれている間、私は五年も他の男性と付き合っていたのだから。

しかし、今、本当に心からハジメのことは好きじゃない。

堅祐さんに再会して日々を重ねるたびに、堅祐さん以外考えられなくなった。考えたくもなかった。

堅祐さんがそのまま運転を続け、私は無言で外の景色を眺める。

(ただ、さっき事故の電話をもらった時は、すごく焦った)

その時に、分かったことがあった。

車がマンションの地下駐車場に止まる。

エンジンを止めた堅祐さんに向かって、口を開いた。

「私、さっき事故の電話が来た時はすごく焦ったし、加賀美さんの元気そうな顔を見てホッとしました。でもそれはね、前に大久保さんが無事だって知った時と同じなんです。相手が誰でも同じように思います。恋愛感情じゃない」

「……あぁ」

堅祐さんは分かっていたように頷いた。

私はそのまぐい、と堅祐さんに頭を下げる。

「だから、ごめんなさい！　加賀美さんが入院中だけ、身の回りのお世話を手伝ってきたいんです。彼は親戚もいないので頼れる人間もいなくて」

堅祐さんは私の腕を取り引き寄せる。

「あいつは彩果に甘えているだけだ」

「でもそういう時ってあるじゃないですか。次に立ち上がるまで少し誰かに甘えたいんだと思います」

そう言って、私は堅祐さんを見つめる。堅祐さんは困ったように眉を寄せた。

「甘えたい対象に彩果を指名されても困る」

「たぶん他に思いつかないんですよ。誰とでも仲よくなるくせに、頼るのは苦手で」

「よく分かっているんだな」

「まぁ、多少は」

堅祐さんは複雑な顔をする。

私は安心できるように加えた。

「何度も言いますが、加賀美さんへの恋心は全くありません。でも、人間として嫌いかと問われるとそうじゃない。困ってる時は助けてあげたいとも思います」

「狡いな」

堅祐さんが息を吐き、少しして言う。

「彩果はダメだって言っても行くだろ」

「すみません。そうですね」

笑った私の髪を堅祐さんが撫でた。

するりと髪の中に指が通る。その後頬を撫でられ、大きな彼の手に自分から頬ずりする。

彼の手を包むように、自分の手を上に置いた。

「好きなだけ確かめて、跡つけてもいいですよ？　堅祐さんが少しでも安心できるまで」


「で、なんで二人なんだよ？」

次の日、ベッドの上でハジメが不機嫌に眉を顰《ひそ》める。

私の隣には、堅祐さんが立っていた。

「堅祐さんがどうしてもって。忙しいからいいって言ったのに」

「忙しいなら来るなよ」

ぶつぶつとハジメが漏らす。

堅祐さんが気にもせず、持ってきている紙袋を差し出した。

「こちらが新しい服と下着。部屋に行くほど親しくもないので新しく買ったものにさせてもらった。サイズは見れば大体分かるので安心してくれ」

堅祐さんは言いながら、ベッドサイドの棚に詰めていく。

(手際がいい。っていうか見るだけでサイズが分かるんだ)

どんなことでも抜け目ない人だ。

「ったく」

ハジメは呟いていたが、その表情は決して拒否しているものじゃなくて安心した。

病院のランドリーで洗濯して戻った時、二人の距離は少し近づいていた。……と思う。

ハジメが堅祐さんの持ってきたパジャマを取り出してぶつくさ言っていた。

「こういう前にボタンのついたジジくさいの選ぶなよ。一つ上でもずいぶん感性が違うんだな」

「わがままを言うな。こちらの形の方が入院に適していると入院案内に書かれていた」

「こんなだっせえの着れるかよ!」

「見た目より機能性重視だ」

「じゃあ、お前が着ろよ」

「君みたいに無茶な真似をして入院することはないから俺が着る場面は今後もない」

「なんだよ、それ」

ムッとしながらハジメが言う。まるで先生と生徒だ。

(堅祐さんは元生徒会長だから、どちらかというと生徒会長と困った生徒？)

考えてみるとまさにそれで、私は笑ってしまった。


自宅に帰るなり、堅祐さんを見上げる。

「なんだか意外でした。加賀美さんと仲よくなったんですね」

「まさか」

驚いて見上げた私に堅祐さんは言い放った。

「誰かに任せて放っておけるほど、余裕がないというだけだ」

「いつも余裕があるように見えますよ？」

私が言うなり、堅祐さんはぐしゃっと前髪をかき上げる。

小さな傷に目を奪われている隙に、ズイ、と顔が近づいてきた。

目の前で見ると、確かに深く眉間にしわが寄っている。

「本当に余裕があるように見えるか？」

「すみません、見えません……っ」

すぐに唇が奪われる。ひょい、と抱き上げられてソファに沈められた。

「嫉妬させられた分、今からお詫びしてもらうから」

「い、今から？　あの色々動いて汗をかいているので……」

「大丈夫。むしろそのままで。シャワーを浴びるのは後な」

「えぇっ」

唇が首筋に埋まる。見上げるとリビングの電気は煌々《こうこう》とついている。

「明るいから消してください！」

「あんなにしといてまだ慣れないのか」

「慣れませんよ！」

怒ってもキスして絆される。

恥ずかしいけど触れてほしくなる。触れられたらもっと彼が欲しくなる。

本当にこの欲望には限界がない。

高い階段を上らされているのか、深い沼にはまっているのか、分からなくなっていた。

そうやって日々は過ぎ、入院六日目。いよいよ明日、ハジメは退院だ。

病院に行ったところで、先に堅祐さんが来ているようだった。堅祐さんは終業後にまっすぐここに来ていた。今週はテレビもお休みしたみたいだ。

確かに自分だって、堅祐さんに五年付き合っていたっていう彼女が出てきたら、ヤキモキもするだろう。ご勝手にどうぞ、なんて言えないし、看病するって言ったらやめてほしいって言うかもしれない。

(でも、ここまで心配しなくてもいいのに。そんなに私って信用ないかなぁ)

病室に入ろうとすると、中から話し声が聞こえた。

そっと引き戸を開けて覗いてみる。やっぱりハジメと堅祐さんが話していた。

「ったく、今日もなんでお前なんだよ。何が悲しくて彼女寝とったやつに面倒見てもらわなきゃならないんだ」

「そこは否定できないが、彩果と寝たのは一時の感情ではない。高校の時からずっと彼女だけを慕っていた」

ハジメが驚いた顔をする。

「寝たとか言うな!　っていうか高校からってどう考えてもおかしいだろ!」

「おかしいか?」

「おかしい。それって何年前の話だよ」

「十年以上前だが」

「普通十年もあれば気持ちも変わる。一人を思い続けるなんて異常だよ」

きっぱり言うハジメに、堅祐さんは顎に手を当て真面目な顔で答えた。

「しかし、結婚すれば死ぬまで添い遂げるんだ。それも何十年も。俺からするとたった十年だ。これまでも気持ちが変わるどころか思いは強くなってきた。きっとこれからもそうなんだろう」

「お前、本当に重いよ」

「重々承知している」

重いのを自覚しているところがまた堅祐さんらしいけれど。

ハジメは頭をかく。

「なんで彩果はこんな変な男を選んだんだ」

「俺が強く押したからだ。彼女はそれに押された部分もあっただろう」

「分かってやったのか、タチわりぃ」

「ハハッ」

ハジメのボヤキに、堅祐さんは楽しげに笑う。

ハジメはムッとした表情になった。

「それで俺の面倒まで見るってどういう神経してんだ。彼女取ったからって詫《わ》びのつもりか？」

「彩果と付き合っていたというだけで嫉妬心は燃えるようにあるんだが――」

そう言って堅祐さんは少し考える。

「でも、不思議と君を嫌いにはなり切れない。きっと彩果が君を大切な人間の一人として思っているからだろう」

ハジメの表情が初めてゆがんだ。少しして下を向いてから小さな声を出す。

「……なんだよ、それ」

「ただ、彩果に手を出したら絶対に許さないがな。後、もう告白もプロポーズもやめてくれ。彩果は早々に諦めるように。諦めないなら法的措置も厭わない」

「やっぱお前、タチわりぃわ！」

ハジメが怒って言ったが、声が少し違うように思う。

たぶんハジメも、堅祐さんを心から嫌いだって思っていないように感じた。

(これってただの自分勝手な希望？)

嫉妬深いくせに、いつだってちゃんと自分を見てくれる堅祐さんが愛しくて、その日は帰ってすぐに堅祐さんに自分から抱き着いていた。

堅祐さんは不思議そうな顔をしたけど、私の背に手を回して笑ってくれた。

退院の日。三月に入ってもずっと寒かったのに、その日は寒さの中に、確実に暖かさが混じった日だった。

私は松葉杖のハジメと一緒に病院の出入り口にいた。

ハジメは公営住宅へ住める手続きもできて、そこでゆっくり今後を考えるようだ。

「松葉杖だけどうまく動けるようになってよかったよ」

「色々助かった」

「ほとんど堅祐さんのおかげだよ」

私が言うと、ハジメは少し困った顔をした。

「今、堅祐さんが車回してくれてる。忘れ物はない？」

ハジメは頷いてこちらを向く。いつもと違う真面目な顔だ。

「お前は俺と一緒だって思ってた。両親も亡くなって、それでも人生に前向きで。俺と同じだって。一緒にいても楽しかっただろ？　なのに、なんであいつなんだ？」

「ハジメが言ったんでしょ。私が俗世間並みに、安定した生活や結婚を意識してるんだって。きっとその通りなの。年齢を重ねて、将来を見据えられるようになって、一生一緒にいたい相手ってどんな人なのか、ちゃんと考えるようになった。どっちかというと堅祐さんといて考えるようになったって方が正確かもしれない」

「もしかして金が理由か？　ただ環境に恵まれてるだけだろ。真面目すぎておもしろみもないし」

思わず笑って首を横に振った。

「ハジメは真面目すぎるって言ったけど、堅実なんだよ」

「堅実？」

「うん。いつも私も周りもこれから思うようにできるように守ってくれてる。私ね、堅祐さんといると、自分が大事にされてるってすごく感じるんだ」

堅祐さんが私にしてくれる一つ一つが、全部自分が大切にされてるって実感につながった。

「だから堅祐さんが大事にしてくれる自分を大事にしたいって思うようになった。そしたら自然とね、堅祐さんも大事にしたくなった。私は、堅祐さんのおかげで堅実の本当の意味を知ったの。そんな人と一生一緒に添い遂げたいって思うんだ」

夫婦になるなら、自分の両親のように、そして尊さんのように……お互い大事にし合える夫婦になりたい。

堅祐さんと一緒ならそんな夫婦になれるって思った。なりたいとも感じる。

ハジメは驚いたように私を見ていた。

「私がこんなこと言うの、おかしい？」

「別に……」

「まぁ、堅祐さんって本人も自覚してる通り一途すぎて、ちょっと重くて、時々暴走する時もあるんだけどね。私はそういうところも含めて堅祐さんが好きなの」

ふふ、と笑うとハジメは苦笑した。

「なんだ、もうすっかりあいつ色に染まってるのかよ」

しかし次の瞬間、驚いたように顔を上げた。

ハジメは私を見ているのではなく後ろを見ていると気づいて、振り向く。

そこには堅祐さんが立っていた。

車が少し後方にあるので、そこから歩いてきたようだ。

(今の、聞かれてた？)

ちょっと恥ずかしい気がしたけど、本心だからいいかなと思った。

それからハジメを新しい自宅まで送り届けた。

ハジメの自宅前で、私とハジメだけが先に車から降りた時、ハジメは「あいつにお礼伝えておいて」とブスッとした顔で言った。

「自分で言えばいいのに」

「なんか嫌だろ、負けたみたいで。実際負けたんだけど」

思わず笑ってしまう。こういうところが憎めないと思う。

それから私たちは本当に別れ、堅祐さんと二人、自宅に戻った。


マンションに戻って一息ついて、私はまっすぐ堅祐さんに頭を下げた。

「色々ありがとうございました。加賀美さんも堅祐さんにお礼を伝えておいてって言ってました」

「あぁ」

堅祐さんは微笑む。

「今日、加賀美さんと話してる時、どこから聞いてました?」

「結構最初の方かも。彼のご両親の話。彼もご両親が亡くなっていたんだな」

「加賀美さんの場合は、私よりももっと前。彼は施設にいたから」

奨学金を得て大学に入ったのは、その施設出身者では珍しい事例だったそうだ。

そう言うなり、堅祐さんは頷いた。

「ここまで自分の力で歩いてきただけでも十分すごいよ。俺はなんだかんだ生活で不自由したことはないからな」

「でも私は、そんな堅祐さんに支えられてきました」

おごらず、自分が知らないことも受け入れられる堅祐さんだったから、私は好きになったんだと思う。

顔を上げると堅祐さんが私の頬に触れる。

「俺だって彩果に支えられてきたんだぞ。彩果がいたから、やれたことも多い。いつだって俺の行動の真ん中に彩果がいた。君ならどう動くのか、ってよく考えてた」

「私の行動の真似なんてしたらダメですよ」

「まぁ、つい、で怪我ばかりするのはいただけないな」

また痛いところを突かれる。言葉に詰まった私を見て堅祐さんは目を細める。

「俺はあのころから彩果ばかり見ていたからいつの間にかそうなっただけなんだ」

「麻衣からも聞きました。ずっと好きでいてくれたんですよね」

「あぁ、自覚している通り一途すぎて、ちょっと重いがな」

それは私がさっきハジメに言った言葉だ。

「また私の言葉を覚えてる!」

「当たり前だろ」

堅祐さんが口角を上げる。私は苦笑して、それからまっすぐ頭を下げた。

「ありがとうございます、ずっと好きでいてくれて」

「なのに君は加賀美と付き合うわ、本当にもう予定外のことばかりだったがな」

「へへ。すみません」

優しく頬に触れた堅祐さんの手が、そのまま下に向かってそっと顎を引き上げる。

「俺は彩果以外の女性は受け入れられない。こんなに格好悪く諦めきれなかったのも、予定外だった。でも、この予定外はきちんと自分なりに受け入れて頑張ってみようと思ったんだ」

ふわりと唇が触れる。

キスをしながら、途中で諦められてなくてよかった、と心から思っていた。

堅祐さんがずっと好きでいてくれなかったら、きっと私はこんなふうに、誰かを大事に思って、誰かに大事に思われることも知らなかっただろうから。

唇が離れてすぐ、私は口を開いた。

「堅祐さん、私ね――」

今度こそ私から彼に言うつもりだった。

しかし、言いかけた私を堅祐さんが止めた。

「ただ、これから俺が話すことは、きっと彩果の予定にはなかったことだ」

「え……？」

突然何を言い出したのか分からず彼を見ると、彼は少し悩んだうえで口を開く。

「彩果。これから俺が伝えることで、君が俺を受け入れられないと思うなら……俺は今度こそきちんと君を諦める気でいる」

どういう意味か分からず、私はただ彼を見つめるしかできなかった。

その時、外で雨が降りだした。

静かな室内に、しとしとと雨の音が響く。堅祐さんはゆっくり話し出した。

「俺はずっとある〝目的〟のために、頑張ってきたんだ。だから恋愛だってする気はなかった。俺の話を聞いてこれから君がどうしたいか考えてくれないか？」

真剣な彼の瞳を見て、ごくん、と息をのんだ。

ゆっくり私は首を縦に振る。

堅祐さんは少し目を細めて、それから決意したように言葉を紡いだ。

「俺は東條グループ総帥の孫なんだ。将来は東條グループの経営陣に名を連ねたいと思っている」

七章　彼の真実

俺の祖父は日本を代表する企業グループ・東條グループの総帥だ。

もともと俺の父は普通の弁護士だったが、総帥の長女である母と恋に落ち、婿養子として東條家に入った。

そして、結婚後は東條グループで法務を担当していたのだ。

しかし母は、俺が五歳の時に病気で亡くなる。

母を亡くした父の落ち込みようはひどかった。体重も十キロ以上減り、俺には次は父が亡くなってしまうように見えた。

子どもの俺から見ても、父は母を心から愛して大事にしていたのでその気持ちは痛いほど伝わってきた。

母の葬儀は、母の願いもあり家族だけで予定していたが、東條家がそれを許さず、大々的に人数を集め、グループ関係者がこぞって参加した。

母を静かに家族で見送りたい、という父の希望もかなわず、ゆっくり別れを告げられないまま母は茶毘《だび》に付され、当たり前のように遺骨は東條家の墓に入れられた。

母の死後、父は旧姓・忍足に名字を戻し、法律事務所を開業する。

東條という名を捨てたのだ。

その間に何があったのか俺には分からなかった。

後で聞いたところによると、天下の東條グループは代々血縁者を経営の核としており、血縁がない父を東條家に残しておくのを嫌った親族が多数いたようだ。

「母さんが東條家のお墓のままだと、父さんと母さんは一緒のお墓には入れないんじゃないの？　頼んだら一緒に入れてもらえるの？」

そう聞いた幼い俺に、父は静かに首を横に振った。

また、名字は変わっても、俺自身が東條グループ総帥の孫であることに変わりはなかった。東條の開くパーティーや親戚の集まりには必ず顔を出さねばならなかった。

東條家・特に祖父は、俺への支援は惜しまず、プレゼントもマンションやジェット機など、いつだって規模が違った。

しかし俺は男手一つで育ててくれた父に感謝し、父の法律事務所は俺が継ぐつもりでいた。集まりに行くとしても、東條家は俺には関係ないもの。そう思い込んでいた。

しかし、十歳になる少し前のある日、突然俺だけ祖父に呼び出された。

「お前は父親から、二人が結婚する時に私とした約束を聞かされているか？」

「いいえ」

「やはりな。あの男、約束を反故にするつもりか。許されないだろう」

「どのような約束でしょうか……？」

「二人の結婚を許す条件として、『男の子が生まれれば、必ず将来、東條グループに入ってもらう』と話してあった。二人はそれを了承して結婚したんだ」

「え？」

正直、その話には驚いた。男の子、それはつまり自分だからだ。

東條グループはいまだ血縁を大事にする企業であり、グループ内には血縁者が多数いる。

ただ、血縁者であれば実力主義で経営陣になるのも特徴ではあった。人数が多い分、実力がなければ血縁者でも平社員になる。

現在の総帥も、長男ではなく三男だ。

「もちろんその約束は今でも生きている」

「つまり、将来、僕が東條グループに入らねばならないという話でしょうか」

「あぁ」

「父は好きなように生きろと言ってくれてます。僕は、そんな父の法律事務所を継ぎたいと思っています」

「つまり堅祐も約束を守る気はないと？」

祖父はこちらをじっと睨んだ。えもいわれぬ迫力で言葉に詰まる。

「それにもし堅祐が継ぐというなら、それまで事務所は無事に続けられると思わない方がいい」

驚いて祖父の顔を見た。冗談を言っている様子はみじんもなかった。

東條の力はどの方面にも強い。父の事務所なんて簡単につぶしてしまえるだろう。

背中が冷えたが、それを悟られないように平静を装った。

「僕が入ってもグループにとってプラスになるかは分かりませんよ」

「堅祐の聡明さは茜に似ている。茜は女性だったが、東條家の中で群を抜いた天才で、男なら間違いなくグループトップに躍り出ていた。実際そんな声も上がっていた。希望すれば私も後押ししようと思っていたくらいだ」

母が幼いころから利発だったのはよく聞いていた。

祖父も母のことをかなり買っていたようだ。

「そんな茜の残した堅祐にグループに入ってほしいと願うのはおかしな話ではないだろう」

祖父の真意は分からないが、先ほどの話で、グループに入らなければ事務所が危ないというのはよく分かった。

さらに祖父は続ける。

「お前は茜の骨を忍足家の墓に入れたいと考えているようだな」

「……はい」

それは少し前に、親戚の叔父に言った話だ。

もうすでに祖父の耳には入っているようだ。

「将来、父が亡くなったとき、母の骨を忍足家の墓に入れてやりたいんです。父と母はとても仲がよかったので、二人一緒に」

「茜は本来東條家の人間だ。それは許されない」

祖父は会社を守る立場にいるので、経営者としては立派だが、優しい人ではなかった。しかし祖父は俺に言った。

「ただ……堅祐は私の大事な孫の一人だ。条件を呑むというならいい」

「条件？」

「そうだ。堅祐が、将来東條グループに入り、さらに実力で経営陣に名を連ねることができれば茜の骨を忍足家の墓に移してもいい。約束しよう」

「本当ですか!?」

「天下の東條グループのトップの言葉だぞ。嘘はつかない」

祖父はピシャリと威厳を持って言った。

確かにこれまで祖父が嘘をついたことはない。

俺は少し考え、頷いた。

（それなら俺は将来弁護士になり、その後、東條グループの法務担当取締役になればいいんだ）

そのためにも早々に結婚し、二人以上の子どもをもうける。どちらかに父の法律事務所を継いでもらう。

そうすれば法律事務所も守れ、父と母の絆も守れる。

俺はそんな将来にするつもりでいたので、恋愛なんてせず勉強だけに邁進した。

そしていつか東條家に入っても問題ない良家の女性と、子どもを作るために結婚すればいいと思っていた。

それが俺の立てていた完璧な人生設計だったのだ。

＊　＊　＊

だが、彩果があの事件を起こして、永井先生に引き合わされる。

それから俺は、彩果に巻き込まれていくことになる——。

「なんだ、これは？」

俺はその日、五枚の衝撃的な紙を抱えていた。

それは先ほど、永井先生に「どうにかしてやってよぉ。このままじゃ彼女、バイトできなくなるし困ってるんだよなぁ」と言われ、渡された紙だ。

目の前の麻宮さんはバツの悪そうな顔をして、文句まで言う。

「先輩、お父さんみたい。祥吾さんにも何にも言われてないのに！」

「言いたくもなる」

手の内にあるのは、このたび行われた中間テストで、返された麻宮さんの解答用紙。

そこには信じられない数字が並ぶ。特に数学。なんと十六点だ。

「数学がひどいな。こんな数字見た覚えがない」

「そりゃ、万年一位の先輩から見たら初めての点数でしょうけど、一般の女子高生というのはえてしてこういうものなんです」

「一般の女子高生が全員こうはならないだろう」

それならば、平均点はもっと下がる。

「勉強できなくても死にません。因数分解とかできて何になるの？」

「全部が必ず役立つとは言えないが、知識が自分を助けてくれる場面は絶対にある」

俺の言葉に、麻宮さんは口をとがらせた。

「先生は次の期末に取り返せば大丈夫だって言ってました。まだ、大丈夫です」

「期末のテスト期間中、バイトは減らせるか」

「いつもテスト期間中は減らしてます。バイトする時の学校の誓約書がそうなってますし」

「なら期末テスト二週間前から、放課後は必ず生徒会室に来い。マンツーマンで教えるから」

麻宮さんは少し赤くなり、それを隠すようにニッと笑う。

「もしかして……やらしーことしようとしてますか？」

「そんな時間はない」

サラリと返したら、なぜか本人からブーイングを受けた。

なぜこんなことを引き受けたかというと、永井先生から以前、彼女の両親は亡くなっていると聞かされてしまったからだ。

これはきっと同情心なんだろうな、と思っていた。

そしてテスト二週間前、生徒会室に来た麻宮さんが座るなり、何枚かの紙を彼女に差し出す。

「これが計画表だ」

作った計画表をつかんでみせた。麻宮さんがそれを見て目を丸くする。

「これ、先輩が作ったんですか⁉」

「あぁ。この通り勉強すれば絶対に赤点にはならない」

時間がないなら効率を重視するしかない。まずは計画が大事だ。

彼女はしげしげと紙を見つめ、叫んだ。

「何このスケジュール！　分刻みじゃないですか！」

「時間は限られている。だから前回の君のミスから不得意分野に絞った。この通りに進めよう。今回は数学の点数を一気に上げるぞ」

明らかに厳しいスケジュールではある。

しかし麻宮さんはもう一度じっと紙を見つめて微笑んだ。

「つまり私専用の計画表ですね！　ありがとうございます。やりがいありそう！　難しいことで成功した方が嬉しいですもんね！」

そして驚くべきことに、彼女はその計画通りに全て遂行したのだった。


テストの後、彼女が弾む声で俺の教室の戸を開けた。

「先輩！　やりました！　八十二点ですよ！　数学でこんな点数初めて見ました！」

気づいたら俺まで笑っていた。

俺の笑顔を見てクラスメイトがギョッとした顔をした。

気にせずそのまま彼女のもとへ行き、廊下で彼女に向き合う。

平均は六十五点だったらしい。かなり健闘したようだ。

彼女は頭を深く下げた。

「ありがとうございます！　先輩！」

「いや、麻宮さんが頑張った結果だ」

「へへ」

本当に嬉しそうに彼女が笑った。その様子に俺も勝手に頬が緩む。

俺は素直に自分の立てていた予想を彼女に話すことにした。

「俺の予想は七十点前後だったんだ。予想を上回るなんてあるんだな」

「ふふ、言ったでしょ。難しいことで成功した方が嬉しいって。参りましたか！」

「あぁ、参った」

「え……」

きっぱりと言った俺を彼女が驚いた顔をして見上げた。

その顔を見ていたら、これ以上踏み込むともう引き返せない気がしてしまった。

きゅ、と息をのんで、少しして言葉を放つ。

「麻宮さんは失敗することに抵抗感がないから、伸びやすかったんだ。もうコツもつかんでいるし、これから俺がいなくても一人でできる」

そしてそんなことを言った。もうこのあたりで彼女と自分の線引きが必要だと思った。

これまで自分の描いてきた人生設計。

両親のため、事務所のため、やれることは全部やってきた。これからも努力を惜しまないつもりだった。

恋愛なんてしている場合じゃなかった。

彼女も両親が亡くなっている分、将来は普通に温かな家庭を築くべきだ。

そんな彼女を面倒な場所に引きずり込むわけにもいかない。

そもそも、こちらが手を離せば簡単に去っていく。そんな女の子だ。

——それが俺の予想だった。

だけど彼女はうつむくと、自らの手を強く握りしめた。

そして低い声で呟く。

「……嫌です」

「え？」

「次も教えてほしいです。私は先輩がいい！　先輩は迷惑ですか？」

素直に俺を求める彼女の言葉は、自分の決心を大きく揺り動かすだけの力があった。

俺は勢いに押されて、後先考えず言ってしまう。

「……迷惑では、ない」

「よかった」

彼女が心底安堵した様子を見せた。

その時初めて、俺は胸がぎゅうと締め付けられるように痛くなったのを今でも覚えている。

父は朝食は極力一緒にと考えていたようで、忙しい中で時折、朝食を作ってくれた。

その日、早々に朝食をとり終えた俺を見て、父は口を開く。

「今日は早いんだな」

「少し早めに学校に行かなくてはならなくて」

というのも、再度勉強を見てくれと頼まれて、俺は柄にもなく張り切っていた。

前回以上にきちんとスケジュールも組まないといけない。

「楽しそうな顔をしているな」

「ただ面倒ごとに巻き込まれただけですよ」

「そうか？」

言いながら父は微笑んだ。

そしてふいにリビングにあった母の写真に目を向ける。

「私が茜さんに会った時は、運命を感じてさ」

「運命？」

以前、永井先生がそんな話をしていた気がする。

ただ俺は、確かに麻宮さんとは仲よくなりつつあったけど、いまだに運命めいたものは感じていなかった。

だから自分と彼女の間に運命なんかはなく、恋なんかにはならない。そう結論付けていたのだ。

母を思い出したように父は目を細める。

「運命を感じちゃうとどんどんはまって抜けられなくなっちゃうんだよね」

「……なんていうか、運命って恐ろしいものですね。ブラックホールみたいだ」

「俺と茜さんの綺麗な思い出をブラックホールって……」

そう言って、父は困ったように笑っていた。


そして、いざ次のテスト期間になると、彼女はたくさんのクラスメイト、いやクラスまで違った友人を引き連れてきた。

「先輩！　他の子も教えてほしいって！」

「よろしくお願いしま～す！」

総勢二十七名の元気な声が響く。

（これだけで、一クラスできるよな？）

人数の多さに眩暈を覚えている俺を彼女が覗き込んでくる。

「先輩、どうされました？」

「急に人数を増やすな。先に相談してくれ。場所に困る」

本当は二人だと思っていたとも言えず、それからなぜ当たり前に二人だと思っていたのか疑問に思う。

彼女は意気揚々と腰に手をあて、自慢するように言った。

「そう言うと思って、校長先生に許可を取って大きな教室借りました！」

「素早い」

教室を探す際に、麻宮さんが色々な先生に声をかけたらしい。

(あの怖い校長にまででってやりすぎだろ)

ただそのおかげか、先生たちも顔を出してくれるようになって助かった。

彼女の行動力には正直目を瞠る。

結局それからなぜか【忍足道場】と名付けられた部屋にさらに生徒が増えていった。

「会長、これどうやっても間違います」

「これはな——」

教えて解いてもらっている間に彼女を盗み見る。

彼女はもうスケジュールを見ながら自分で問題を解いていて、分からないところは俺や先生に聞いていた。

(本当は一人でできるのに、なぜ、まだ俺に教えてほしいと言ったんだ?)

それを考えると不思議で、なぜか少しそわそわした。

他を見回る振りをして、彼女にも声をかける。

「麻宮さんは大丈夫か?」

「私はもう先輩のスケジュールのプロですから一人で予定通りにできます!」

「プロって」

苦笑したが、それほど自分の作ったものを大事にしてくれるのが嬉しくもあった。

これまで固いと言われ続けて、人からはいつも距離を置かれていた。

自分からも距離を置いていたのだから当たり前かもしれない。

しかし彼女の作った空間のせいで、俺はみんなに話しかけられるようになっていた。

最近は相談ばかりされる。不思議とそれが嫌じゃない。

時々顔を出してくれていた校長からは「これまで勉強にあまり前向きじゃなかった子が何人も来ていて驚いた。さすが忍足くんだな」と言われたが、どう考えても彼女のおかげだと思った。

彼女は嬉しげに微笑んだ。

「こうしてみんなで勉強するって楽しいですね!」

「そうだな」

その日、校長先生がこっそり肉まんを差し入れてくれて、教室内のテンションは異常なほど上がった。

食べながら隣にいた女子が聞いてくる。

「生徒会長も受験勉強がありますよね？」

「最低限している。そこまで無謀な大学は受けないからな」

「でも国立最難関を受けるって聞きましたけど本当ですか」

「あぁ」

弁護士になって将来東條グループに入るのを考えるなら、そのあたりが順当だ。

一瞬、教室が静まり返る。みんなが悲鳴に似た声を上げた。

「どうしてそこが無謀じゃないんですか！」

「一年から全部計画を立ててやっているし、後は二次対策を少しするだけだろ」

「定期テストでひーひー言ってる私たちになんてこと言うんですか！」

「別に今だって勉強していないわけじゃない。ちゃんと復習になっているぞ」

「余裕な発言だあああああ」

何がおかしいのか分からないが、みんな驚愕した表情でこちらを見ていた。

彼女だけが、先輩らしい、とおかしそうに笑っていた。

そんなある日、父と東條家の集まりに参加することになる。

自分の十八歳の誕生日を祝ってくれるというのだ。

それまで誕生日ごとに呼び出されていたので、俺にとって誕生日は毎年、気が重いものだった。

東條家の屋敷に向かう際中、父の顔もいつもこわばっていたが、今思えば父は俺一人で屋敷に行かせないように配慮していたんだと思う。

入ってみれば、案の定、東條家の面々がそろっている。ほとんどが年上ばかり。

そしてそのほとんどが俺を見て眉を顰める。

東條家では総帥の後継ぎや役員になりたい人間であふれているので、少しでも可能性のある人間をよしとしない。

「誕生日おめでとう」

祖父からの今年の誕生日プレゼントは万年筆だった。

「ありがとうございます。大事に使わせていただきます」

入学祝いにマンションを送ってくるような祖父だったので、毎年そっと祖父の秘書に普段使える文具なんかをこちらからリクエストするようにしていた。

「もう十八か。大学は茜と同じだったな」

「受かったらですが」

「合格安全圏内にいると聞いている。この前の全国模試でもトップだったそうじゃないか。さすがだな」

聞いている、と言っても父に聞いたのではない。学校に直接パイプがあるのでそこから聞いているのだろう。

各界とつながりのある祖父の頼みを断れる人間は、どこにもいない。

「はい。ありがとうございます」

「そのまま励むように。それと受験が終わったらお前に会わせたい相手がいる」

「どなたですか」

「南雲《なぐも》グループ会長の孫娘である南雲冴《さえ》さんだ。お前と同じ年齢でな、以前から堅祐に興味を持っているらしい」

その場にいた東條の人間の顔が一斉にこちらを向いた。

南雲グループといえば、東條家に次ぐ大グループ。そこの孫娘との縁談となれば一気に自分の立場が上がる。

東條家で問題なく仕事をするには、それくらいの後ろ盾があった方がいいのかもしれない。

しかし、なぜか俺は麻宮さんの顔ばかり思い出していて、口を噤《つぐ》んでしまった。

祖父の眉がピクリと動く。

「なんだ？　気に入らないか？」

どう返していいのか困っている俺に、父が救いの手を差し伸べた。

「確実とはいえ、やはり受験期ですから。緊張もしているでしょうし、今考えるのは難しいのではないでしょうか」

「……それも一理あるな。しかし、頭には入れておいてくれ」

その場は何とか乗り切れた。

帰りの車中で父は、「誰か好きな人ができたか？」と聞いてきた。

俺はまた麻宮さんを思い出していたが、はっきりとそれが恋愛感情であるのかまだ分からなかった。

黙り込んだ俺に父は続ける。

「私は茜さんと一緒であればどんな苦労も厭わなかった。彼女は亡くなってしまったけど、彼女と自分の間に宝を残してくれた。その宝の堅祐にもそんな相手ができるといいと勝手に思っていたんだ。もし本当にそう思える人ができたなら嬉しい」

父は自分の気持ちをうまく言葉にできる人だ。

だから忙しくてほとんど顔を合わせない中でも、父への信頼が薄らいだことはなかった。尊敬もしていた。

だからこそ、父も、事務所も守りたいと思っていたのだ。

いつの間にか雨が降り始め、自宅についた時には大雨になっていた。

車がマンションの地下駐車場に入っていく時、正面入り口に一人の女子が立っている姿が見えた。

（まさか……）

俺は父に自宅には後で戻ると告げて、車を出て正面入り口へ走って向かう。

彼女は困ったようにエントランスの屋根の下から空を見上げていた。

「麻宮さん！」

「先輩！　すみません、突然来て。こんなすごいマンションで驚いちゃった」

「どうしたんだ？」

「これ渡したかったんです！」

そう言って渡されたのは少し大きな紙袋。

「お誕生日おめでとうございます」

「え……」

「今日、誕生日だって永井先生に聞いたんです。だから誕生日プレゼント。ほら、勉強でもたくさん迷惑かけたし。なんていうか賄賂？」

「ありがとう」

「ツッコむところです」

言いながら、彼女は楽しげにケラケラ笑う。

その笑顔を見ているだけで、先ほどまで冷え切っていた心が温かくなるような気がした。

「開けていい？」

「はい！　ぜひ」

開けてみると赤色に、緑のチェックの入ったマフラーだった。

「先輩、意外と赤が似合うと思うんですよね」

言いながらそれを手に取り、俺の首に巻く。

「ほら、やっぱり似合う」

ニコ、と彼女が笑って目が離せなくなった。

「ありがとう」

「さっきも聞きました。どういたしまして」

彼女がまた嬉しそうに笑った。

「傘を持ってくるから。送る」

「勝手に押しかけちゃったので気にしないでください」

「だめだ。送りたいんだ」

はっきり言った俺に彼女が驚いて目を見開く。

そして目の下を少し赤く染めて頷いた。

その顔を見て、胸が音を立てて軋んだ。

彼女の髪が濡れているのにも気づく。部屋に戻ってタオルと傘を持ってエントランスに下りた。下りる時には、なぜか胸の奥が騒がしくなっていた。

タオルを渡すと、彼女は微笑む。

「こんなちょっと濡れたぐらい大丈夫なのに」

「だめだろ。風邪をひいてしまう」

「私、結構頑丈ですよ?」

言いながらタオルを受け取って髪を拭き、ちょうどその拍子に前髪が持ち上がった。

「……それ」

「どうしたんですか？」

俺は彼女の左額に残る古傷を指さす。

「それはいつどこで怪我したものだ？」

「え？　あ、あぁ、これは、私が四歳の時に近所の公園の溝に落ちてできた傷だそうです。母から聞いただけなんで私は覚えてないですけど」

「公園って？」

「駅近くの南才原《みなみさいばら》公園って分かります？」

「あぁ、分かる」

俺は驚いて彼女を見つめた。

四歳の時ということは、今から十三年前。

──彼女は〝あの時の子〟だ。

意味が分からない彼女は首を傾げる。

「これがどうかしたんですか？」

「いや、初めて見たなと思って」

「昔からよく怪我してたので、これもその中の一つです。怪我ばっかりするからいつの間にか病院の常連でした。知ってます？　そこの公園近くの」

「黒瀬総合病院か」

「知ってたんですね。脳外はすっごいＶＩＰも入院する有名な病院なんですが、結構アットホームな雰囲気なんですよ！」

——運命を感じちゃうとどんどんはまって抜けられなくなっちゃうんだよね。

俺はその日、父の言葉ばかり思い出していた。


雨の上がった次の月曜、生徒会室に入ってきた永井先生に俺はすぐ聞いていた。

「分かっていて会わせたんですか」

「え？　あ、誕生日の話？　ごめーん、誕生日も住所も教えちゃった」

「個人情報漏洩ですよ」

「だめだった？」

「別にいいですけど」

そう言うと、先生はニヤリと微笑んだ。慌てて話を元に戻す。

「そうじゃなくて。前に俺の初恋の話をしたじゃないですか。先生が俺の弱みを握ったって嬉しそうにしていた」

「あぁ、最初で最後の恋ってやつね。五歳の時？　公園の溝に落ちそうになった忍足の代わりに怪我した年上の女の子でしょ？　お母さんがそれから亡くなってバタバタして誰かも分からなかったって。え、それがどうしたの？」

それは、自分が五歳で、母親が入院していた時の話だ。

俺は母に会いたくて一人で家を抜け出した。しかし迷子になってしまって公園に迷い込んだのだ。

その公園には結構大きな側溝があって、そんなものを知らない自分は、そこに落ちかけた。そんな俺を一人の女の子が助けてくれたのだ。

しかしその子は俺をかばって、自分だけ落ちた。

左の額を怪我したその子は、「大丈夫大丈夫！」と笑って、自分も怪我をしているくせに、俺を心配して病院に送り届けた。

そして病院の看護師に手慣れた様子で「また怪我しちゃったぁ」と笑っていた。

俺はその子のしっかりした様子に、年上だと思った。

しかし結果は一つ下だった。

彼女の怪我した時期も場所もあの時と同じだ。

（だから最初に会った時、どこかで見た気がしたんだ）

納得すれば、顔の記憶が芋《いも》づる式に出てくるのだった。

「たぶん、というか、絶対、麻宮さんです」

「え！　そうなの!?」

永井先生は驚いた様子で目を見開く。俺はその様子をジトッと見た。

「分かっていなかったんですか？　本当に？」

「うん、全然分からなかったなぁ」

本当かどうか疑わしいと思うのはなぜだろう。

「……でも、ありがとうございます」

「いや、僕がお礼を言わなきゃ。彼女、最近様子が変わったから。きっといい恋して、人生って楽しいなって思いはじめてくれてるんだよね」

恋と楽しい人生がどうつながるのか分からないが、永井先生は微笑んで続ける。

「僕はね、忍足もそうだといいなっていつも思ってるよ」

この人は、いったいどこまで分かっているのか。

俺が顔を顰めると、先生は笑った。

俺はそれから彼女が好きだと自覚して、急激にはまっていく。

一緒にいると楽しくて、絶対に彼女を手放したくないと思っていた。

でも、父だって事務所だって守りたくて、俺は自分が描いた夢の中の結婚相手を彼女に当てはめた。

もちろん、家柄も求められるかもしれないが、彼女ならやり遂げるんじゃないかと勝手に夢想した。

この通りに行けば、きっと彼女も、両親も、事務所も、全部守っていけるんじゃないかって思っていたんだ。

今思えばどう考えても自分勝手な内容だったけど、それでもその時の俺はまだ幼かったのもあって、そんな絵空事を本気で実現しようとしていたのだ。

でも、そんなライフプランを見た彼女は怒って。

——人の気持ちはこんなスケジュール通りに行くはずない！

と言って、投げつけた。

いや、投げつけるつもりがなかったのはよく分かったが、それは俺の額に当たり、それもまた運命なのか、俺の左額を切ってしまった。

彼女は青ざめた顔で、「す、すみません！」と謝る。

「気にするな」

「でも……！」

「たいした怪我じゃないから本当に気にしないでくれ」

そう言って俺はその場を先に去った。

俺は彼女の言葉とその一撃で、自分がどれだけ、彼女を自分の勝手に付き合わせようとしていたのかと気づいたのだ。


それから結局誰も好きにならなかった。南雲グループとの見合いも断った。

俺はずっと彼女だけで、揺るがなかったから。

祖父には落胆されたけど、それくらい自分で取り返せると思っていた。絶対に取り返そうと思っていた。

彼女のせいで何か失ったと、彼女に後悔させないために。

そして、俺は新たに一年かけて〝あるもの〟の制作に取り組んだ。

――こうして月日が過ぎ。

彼女の勤めるKAGAMIの経営状況が芳《かんば》しくない事実が耳に入る。顧問弁護士は廃業に追い込まれたばかりの弁護士だ。

俺は顧問先の旅行代理店の本社で、見知った顔に声をかけた。

彼女と同じクラスだった坂野麻衣だ。

「坂野さん」

「え、忍足先輩!? 覚えてたんですか!? さすが、すごい記憶力ですね！」

「あぁ、久しぶりだな」

「本当にあの時はありがとうございました。元カレの件」

麻宮さんが激怒したきっかけはこの子だった。

彼女を助けた時に、『いつか先輩が困ったことがあったら私が全力で助けますから。彩果との仲をとりもつとか、ね』と言われていた。勘がいい子だった。

「今はもう大丈夫？」

「先輩とお父さまのおかげで。あの時ちゃんと対処してなかったらずっとビクビクして過ごさないといけなかったかも。ありがとうございました」

「それはよかった。でも、また何か困ったことがあったらすぐ連絡して。今は企業法務中心だから、企業の民事再生とか債務整理とかも相談に乗れるよ」

そう言って、彼女とはすぐに連絡先を交換した。

それから本格的にＫＡＧＡＭＩは倒産。もし連絡が来なかったらどうしようと思っていたが、すぐに彼女から声をかけてきてくれた。

「先輩。彩果を覚えてますか？　彼女、今、すごく困ってるんです。先輩の事務所で助けてあげられませんか？　いつもこちらから頼んでばかりで申し訳ないんですけど」

「最初からそのつもりだ」

「え？」

俺はもう一度、彼女に出会いなおせるチャンスをずっと狙っていたのだ。

坂野さんはさすが勘がよく、すぐにピンときた顔をした。

「もしかしてＫＡＧＡＭＩのことも知ってました？」

「俺が知っているのは、彼女が五年前、ＫＡＧＡＭＩに就職したこと。社長である加賀美氏の無計画さにより三年前から経営が傾いていたこと。そしてそこの顧問弁護士が半年前にはもう弁護士事務所をたたんでいて弁護士不在のままだということだ」

「全部知ってるじゃないですか」

「最低限状況くらいは調べるさ」

坂野さんは俺の顔をチラッと見る。様子を窺うように聞いた。

「彩果がその加賀美と付き合ってたことも知ってました?」

「……あぁ」

「まぁ、でも先輩も結婚してますもんね」

「するはずない」

きっぱり言うと坂野は驚いた顔になった。

「その指輪は!?」

「麻宮さん以外に女性に好意を抱かれても迷惑だからだ。それに、彼女は怪我をさせた俺に合わせる顔がないと思っているようだから、結婚したと思わせないと会ってもくれないだろう」

信じられない、といった様子で坂野さんは俺を見ていた。

「えぇ……そんなことしなくても会ってくれそうですけど」

「いや、きっとそうだよ。だから約束を守ってくれよ」

「え?」

「麻宮さんとの仲、とりもってくれるんだろう?」

言うなり、坂野さんは青くなった。

「こわっ！　え、ずっと思い続けてたんですか⁉　彩果は彼氏もできてたのに！」

「何がおかしい。簡単に心変わりしなかっただけの話だ」

「さすがすぎます」

心変わりする人もいればしない人もいる。それだけの話なのに。

坂野さんは少し考え、うつむいた。

「でも、彩果ももしかしたら……無理に全然違うタイプと付き合いだした感じもあったしなぁ……」

「え？」

最後の方は声があまり聞こえなかった。

彼女は首を横に振り、それから俺の方を見る。

「はい、協力します。でも、彩果を傷つけるようなことをするのは許しません」

「分かっている」

俺が頷くと坂野さんは安堵したように俺を見た。

（大丈夫、ここまでは予定通り。今度こそ絶対に彼女のペースも大切にする。そして、絶対に落としてみせる）

そう思っていたのだけど、久しぶりに直接彼女に会った時、抱えていた彼女への感情が爆発しそうなほど大きくなってしまう。

冷静な振りをしてみたが、どう考えても不自然な対応しかできなかった。

さらに、次の週には、父がなぜか突然彼女を秘書として採用してきてしまう。

そこで俺は彼女の言っていた通り、人生が予定通りにいかないことを知り、彼女といるとそれでも心地いいものだと知った。

最終章　プロポーズの行方

——俺は東條グループ総帥の孫で、将来は東條グループの経営陣に名を連ねたいと思っている。

堅祐さんが突然何を言い出したのか分からず、目を見開くしかできなかった。

窓の外の空が真っ暗になって、風が強くなり、雨が激しくなる。

「ちょっと待ってください。頭が追いつかない。東條グループってあの顧問弁護士をしている東條グループですよね？」

「そうだ」

「堅祐さんの名字は忍足ですし、忍足法律事務所を継ぐんじゃないんですか？」

「東條グループ総帥の長女が母で、忍足というのは父の名字なんだ。事務所は、俺は継げない。できれば自分の子どもに継いでほしいとは思っている」

混乱しながらも、なぜ当たり前にジェット機やマンションを所有していたのかという謎の答えが見つかった気がしていた。

東條家の一員であればたやすいだろう。

「もう少し詳しくお聞きしても?」

「もちろんだ」

外の雨音がどんどん強くなる中で、堅祐さんは順を追って話してくれた。

お母さまが亡くなった時の話。おじい様に言われた言葉。

堅祐さんがグループに入らなければ、事務所はどうなるか分からない事情。

尊さんが亡くなった時にお母さまと一緒にお墓に入るには、堅祐さんが東條グループの経営陣に名を連ねているのが条件であること。

さらにグループの経営陣に入るには、実力が必要とされること。

そのために堅祐さんがずっと計画を立ててやってきていて、そのためのプランがあの卒業時に渡されたライフプランであること――。

「あの時のライフプランって、そうだったんですか!」

「あぁ。しかし本来、経営陣に名を連ねるための近道としては、祖父に勧められた相手と結婚することだ。自分はそうするものだとずっと信じていたよ」

しかし、と彼は続ける。

「彩果を好きになって、ライフプランの伴侶に君の名を書かずにいられなかった。それ以外に考えられなくなってしまったんだ。そして君に必要となる習い事を入れた。

東条家では最低限の教養だが、一般にしては高いレベルが求められる」

「華道とか、茶道もあったのってそれが理由ですか？」

「もちろんだ。俺も最低限は習わされた。みな当たり前にできると思っているから、東条家で自分の身を守る一つのツールという印象だな」

あのライフプランに書かれていた私の習い事はそのためだったんだ。

先輩は私が困らないようにプランを変更したのだろう。

「本来なら最初からできる人と結婚すればいいだけだったのに？　私が自分で身を守れるように考えてくれたって話ですよね」

「いいように取ればな。本当はそんなにいい話ではない。俺はもともと自分勝手に決めていた枠に君を当てはめようとしたという話だ」

彼はそんなふうに言ったけど、気持ちは理解できた。

堅祐さんは確信めいた表情で続ける。

「本来、東条家からすれば俺は面倒な存在なんだ」

「どうしてですか？」

「他の人間を後継者や役員に推したい人たちからすれば、一人でもライバルになり得るものはつぶしておきたい。しかも俺は総帥のお気に入りだった長女の長男だ。そんなわけで俺は東條家の人間から嫌われている。小さなことでも足をすくわれる」

すっかり慣れた、当たり前の出来事のように彼は話す。

そんな重苦しい空気を感じながら、彼はこれまで生きてきたんだろう。

「それは逃げるとかできないものなんですか」

「できるかもしれないが、俺は逃げる気はない」

彼の表情も言葉も決意に満ちていた。そこから目が離せなくなる。

「東條家に入るのは大変だ。しかも経営陣に名を連ねたいというならもっと面倒なことになる。もし俺が彩果と結婚するとなれば、間違いなくそんな場所に君を巻き込む。だから俺との結婚は簡単な話ではないんだ」

きっぱりと堅祐さんは言った。

私は先ほど言われた言葉を思い出し、彼にぶつけてみる。

「だから堅祐さんは、さっき、『これから俺が伝えることで、君が俺を受け入れられないと思うなら、俺は今度こそきちんと君を諦める気でいる。俺の話を聞いて、これから君がどうしたいか考えてくれないか?』って言っていたんですか」

「あぁ」

「私が受け入れられなかったら諦めるんですね?」

私がまっすぐ聞くと、堅祐さんは少し戸惑い、それから小さく頷いた。

「……そのつもりだった。しかし――」

堅祐さんは意を決したようにこちらを向く。

「やはり俺は彩果以外と結婚するなんて考えられない」

「狡いですよ」

「すまない……こんな大事な話をこんなタイミングで伝えて」

「そうじゃない」

私はじっと堅祐さんを見る。

(堅祐さん、ずっと一人で頑張って、全部一人で守ろうとしてたんだ。足手まといになりそうな私すら守ろうとして)

突っ走ったライフプランも、彼なりに考えた末のものだった。

あのライフプランの持っていた意味に気づくと、心がぎゅう、と締め付けられる。

顔を上げる。目の前には不安げにこちらを見ている堅祐さんがいる。

(自分の思い、きちんと伝えないと……)

私はすーっと大きく息を吸って、吐き出した。

「私に何も相談してくれなくて狡いです！　私だって役に立ちたいのに」

そう言うなり、堅祐さんの顔が驚いたものになる。私は続けた。

「守ろうとしないで、堂々と私を巻き込んでくださいよ。二人で事務所もお母さまもお父さまも全部守ってやりましょうよ。もういっそ、東條グループの総帥目指したらいいじゃないですか。そうすれば誰にも何も言われない。変な慣習も、ぜ～んぶ変えられちゃいますよ！」

「……その発想はなかった」

口元を手で覆い、驚いた様子で堅祐さんはこちらを見た。

私はニッと歯を見せて笑う。

「今思いついただけだけど、いいアイデアだと思いません？　私はちょっとやそっとで動じませんし、東條家でもうまくやります。堅祐さんと離れてた間にも色々経験してきたんです。大丈夫、何かあっても堅祐さんと一緒なら乗り越えられますから。信じてください！」

堅祐さんが、額に手をつき、はぁ、と魂が全部抜けちゃいそうな息を吐く。

「よかった。振られたらどうしようかと思ってた。まぁ、振られても取り返そうとは思っていたが」

「何それ」

笑いながら私は彼の手を取る。

固まった決意とともに顔を上げた。

(今回こそ――！)

「忍足堅祐さん、今すぐ、あなたと結婚させてください！」

堅祐さんが笑いながら「喜んで」と言った。

私は飛び上がって喜んでしまう。

「やりました！　やっと私から告白できました！」

「彩果は本当に頼もしいな」

「そうでないと困るでしょ？」

ふふっと笑って彼の顔を見る。

堅祐さんの緊張していた表情は消え、晴れやかな顔になっていた。

見つめ合う数秒の間。

「彩果、愛している」

返事の代わりに自分から唇を合わせる。

軽いキスを繰り返し、微笑んで唇を離すと、堅祐さんから追いかけるように唇を重ねてくる。

何度も、何度も唇が重なる。唇が離れた一瞬も、ぎゅっと抱きしめ合って額をくっつけて笑い合ったまま。

そのうち唇をぺろりと舐められて、唇が覆いかぶさる。舌を絡め合ってゆっくり唇が離れる。

こうしてもう何度も何度もキスを交わしてきた。

これまでは今までの間を埋めるため。

今は、これからも一緒に頑張るため。

堅祐さんとするキスはどのキスも好きで、キスするたびに好きって気持ちが加速する。なんでもやれちゃう気になる。

(堅祐さんがいれば、大丈夫)

そう思って微笑んだ私に、堅祐さんは妖艶な笑みを浮かべて言った。

「俺の重い愛情も、これからもちゃんと全部受け取ってもらうからな」

——分かってますよ。その覚悟だってできてますから。

返事をする前に、また唇が重なる。

いつの間にか雨はやんで、明るい春の光がさし始めていた。

エピローグ

結婚式は予定通り三月十日、大安。

それは堅祐が高校卒業を迎えた日付と同じだった。

彩果がこの日を提案し、堅祐も同じことを考えていたと笑ったのは一年前。

それから二人は両家に挨拶をすませ、結婚式の準備も尊や祥吾、東條家の意見もうまく取り入れながら進めていった。

彩果の物怖《ものお》じしない姿勢には、堅祐の祖父も気に入った様子を見せていて、関係は思った以上に良好だ。


招待客は五百名、非常に盛大な式だった。

ただ、新郎側の一席に茜の写真を、新婦側の二席にも彩果の両親の写真を飾った。

高校・大学の時の二人の恩師とともに永井も呼んだ。何年経っても変わらぬ姿だったのに驚き、もうすぐひ孫が生まれるというので驚いた。年齢すら予想できなかったと彩果と堅祐は顔を見合わせて笑った。

披露宴の最後、尊は茜から「堅祐が結婚する時に」と預かっていた手紙を読んで、それに一番涙していたのは堅祐の祖父だった。

そして次に号泣していた祥吾が彩果へ言葉を贈ったが、ほとんど声になっておらず、彩果はそれすらフォローした。

式と披露宴が終わった後、みんなを笑顔で送り出し、彩果と堅祐は式場のあったホテルに泊まった。

彩果はシャワーを浴びた後、バスローブを着て、ホテルの部屋の大きなベッドの上にダイブする。

堅祐がほら、と言いながらまだ少し濡れている彩果の髪をドライヤーで乾かしていた。

「ほんといい式でしたね」

「祥吾さんずっと泣いてたな」

「柴田さんも泣いてましたねぇ。私までもらい泣きしちゃった」

メイクが崩れたので、何度かそっとスタッフに直された。

さすがに加賀美は招待しなかったが、麻衣から『カンボジアで学校を作るために旅立った』と聞いた。麻衣が旅立つチケットの手配を協力したそうだ。

（ハジメはやっぱり人に助けてもらえる力がある。選択も自由ですごくハジメらしい）


そう彩果は思った。

髪を乾かし終わった彩果はベッドの上に正座し、堅祐もそれに倣った。

それからお互いに頭を下げた。

「これからもどうぞよろしくお願いします」

「こちらこそよろしく」

顔を上げると視線が絡んで、ふふっと声を出して笑ってしまう。

「今日から夫婦なんだな」

微笑んだ堅祐の笑顔がまぶしすぎて、彩果は一瞬固まってしまった。

（絶対、今、顔が真っ赤だ）

彩果はとっさに頬を覆うが、その通りで本当に赤い。

堅祐は一部始終見ていて思う。

（まだ恥ずかしがるとか、かわいすぎる）

思わず彩果の左手を堅祐がつかんだ。

一瞬、恥ずかしそうに彩果がうつむいたので、つかんだ手を堅祐自身の頬にあてて自身の顔に視線を向けさせるようにした。

彩果が顔をゆっくり上げると同時、堅祐は意を決した表情で彩果に問う。

「今日から避妊なしでいいか？」

「今日から？」

「嫌か？」

「嫌じゃなくて……。すっごい想像してたけど、いざとなると嬉しくて、恥ずかしくて変な感じ」

ふふ、と彩果は恥ずかしさをごまかすように笑う。

実際、彩果は全く嫌ではなかった。

何も隔てず抱き合える関係になれたことが嬉しくもあった。

想像してみると、彩果の胸は自然と高鳴る。

「堅祐さんと一緒に未来まで続いていくんだろうなって思うとワクワクしますね」

微笑んだ彩果を堅祐は強く抱きしめる。

彩果はゆったりと目を瞑った。

いつの間にか室内には、キスの合間に勝手に漏れる声だけ。

甘ったるくて、それでいて灼熱《しゃくねつ》のような空気が二人を包んでいた。
(このまま溶けてしまいそうだな……)
堅祐に必死にしがみついている彩果の細い腕に力が入る。
いつだって頼りになる彩果のそんな仕草が堅祐には愛しくてたまらない。
キスして、いつも以上に甘く激しく抱き合って。
気持ちよさにどうしようもなくなって。それでも、まだもっとと思う。
どこまでもこの感覚に溺れていたくなる。
堅祐は彩果の頬を撫でる。自然に二人の視線がそろう。
気づいたら、ただ無意識に言葉が紡がれる。
「愛している。一生俺のものだ」
堅祐の言葉に、涙を目じりに引っ掛けたままの彩果が微笑む。
「堅祐さんも一生私のものです」
彩果の額の小さな傷にキスをしながら堅祐は思った。
恋愛なんて俺には必要ないと思っていたのに。
本当に人生は予定通りにいかない——と。

おまけ

――あれから六年。

玄関扉が開いた音に、お風呂から上がったばかりの祐悟《ゆうご》が飛び出す。

「パパ～！　おかえりなさい――！」

「っ、ただいま」

見なくても祐悟が堅祐さんに飛びついているのが分かった。

私は祐悟の妹の凛果《りんか》を着替えさせると、自分もパジャマを着て凛果を抱っこして玄関に行った。

「おかえりなさい」

祐悟を抱っこした堅祐さんが、「ただいま」と言ってすぐに私に口づけた。

「らぶらぶね――」

「見ちゃダメ。見て見ぬ振りが大事なんだって」

祐悟は小さな手で凛果の目を覆った。

祐悟は五歳、凛果は三歳。二人ともすくすく大きくなってきている。そして堅祐さんに似たのか口も達者だ。堅祐さんも相変わらず……。

「もうそろそろおかえりのキスやめません!?　もう新婚じゃないんだから」

叫ぶなり、堅祐さんは首を横に振る。

「柴田には必ずした方がいいとアドバイスされた」

「柴田さん！」

何のアドバイスをしているのか分からない。

ちなみに私は祐悟を妊娠した時に事務所を辞めた。

そして柴田さんは昨年、受付の鷺宮さんと結婚した。そんな柴田さんからはほぼ毎日のように【奥さんがかわいすぎて辛い】みたいな連絡がくる。

幸せそうで何よりだけど、あまりにも頻繁で柴田さんらしくて笑ってしまう。

ただ、柴田さんの情報によると、その倍以上は堅祐さんものろけているらしい。

堅祐さんは私の髪を指で遊ぶ。

「まだちゃんと乾かせていないな」

「子どもたち優先ですし、それに……早くおかえりなさいって言いたくて」

恥ずかしくてぼそっと呟いた私の言葉をしっかり聞いていたらしい堅祐さんに再度キスをされた。

それから彼は子どもたちの額にもキスして、キャッキャッと笑う声が部屋に響いた。

「来年の四月から東條グループに入ると決まった。まずは東條建設の法務担当からだ」

子どもたちが寝た後、ソファに並んで座っていた堅祐さんは言う。私は頷いた。

「ついに、ですね」

「その後は本当に、トップまで上りつめたいと思っている。そうすれば父の立場も今とは変わるし、母と父のこともとやかく言われずに済む」

「そうですね」

「それになりより……難しいことで成功した方が嬉しいものだからな」

言われて顔を見合わせ、ふふ、と笑った。

堅祐さんは現在すでに仕事を整理して、東條グループの仕事に注力し始めている。

もう東條グループになくてはならない存在となっていた。

順調に計画通りにコトは進んでいるようだ。

ただ、その流れでグループ会社の飲み会にもよく呼ばれている。

思い出したように彼が言う。

「そういえば、今度学生時代の卒業アルバムが必要なんだ。東條建設の忘年会で使うんだと。誰の学生時代でしょうってやつ。参加してくださいと言われている」

「何それ、おもしろそう！　じゃ、アルバム出しますね。学生時代のものとか、あまり使わなくなってるものはまとめてクローゼットにしまったままですよね？」

「俺が出すよ」

そう言って堅祐さんがクローゼットから出してきたのはふたがある大きな箱。

開けると中には文集や卒業アルバムなどが入っていた。

「どれですかねぇ」

言いながら箱を探っていると、一番奥に青色の分厚いファイルが見えた。

中にはその背幅分ぎっしり紙が詰まっている。すごくこれに見覚えがある。

「こ、これってまさかあの時のライフプランですか⁉」

「違う。これは――」

堅祐さんが手にとってサラリと言った。

「彩果とやりなおすまでのライフプランだ」

「なんですか、それは！」

驚いて見上げると、堅祐さんが微笑んでいる。

「彩果の人生は俺だけでは決められないが、俺の人生だけは決められるだろ。だから彩果とやりなおすまでのライフプランをしっかり作ったんだ」

そこには、堅祐さんが大学に入り、在学中に司法試験に合格、弁護士になると書かれており、ここは変わらない。

そしてもう一つの欄には、テレビに出る時期、麻衣に声をかけるタイミングなどびっちり書かれている。なんと祥吾さんのバーに行きだすタイミングまである。

「プローストにも行ってたんですか⁉」

「大人になってから本当に時々。二～三か月に一度くらいだが店に行くようになった。彩果が行く時は避け、彩果には秘密にしてもらえるよう頼んでおいた」

「えぇ……」

「彩果の状況を時々聞いていたんだ。それで祥吾さんはなんとなく勘づいていたから、付き合いだして挨拶に行った時に『ここに来てたのもこのためだったんだろ』とチクリと言われた。あの時には、結婚まで持ち込もうとしているのにも気づかれていただろうな。やたらしんみりしていたし」

（そういえば、一言だけチクリと言ったという話を祥吾さんがしてた。その後もやけにしんみりしてたような……）

堅祐さんは当たり前のように続ける。

「秘書として入社してきたのは予想外だったからそこから作り直した」

そこには私が引っ越すより前に、堅祐さんが隣に引っ越す手筈《てはず》が書かれていた。

「隣だったのって偶然じゃないんですか!?」

「そんな偶然があるか」

「えぇ……！」

以前麻衣に隣の部屋なんて運命だと言われたが、全然運命でもなかった。

私が昔言っていた映画や食事などのデートを重ね、最終的にはＫＡＧＡＭＩの件を綺麗に解決し、きちんと告白しなおして付き合い始める予定になっている。しかも私が二十七歳、彼は二十八歳。

「こ、この通りじゃないですか……！」

「当たり前だ。スケジュール通りにしないと物事はうまくいかない。ただ、彩果の動きは昔から本当に読めないから、スケジュールを何度も変更する必要があっただけだ」

一途に思ってくれたのも知っている。彼が超真面目で、几帳面なのも。

（でも、これって全然ロマンティックじゃない！）

色々な感情が混ざり合い、泣きそうになりながら叫ぶ。

「私だって少しは運命とか感じたかったですよ！　こんな囲い込む感じじゃなくて！」

「あるぞ、運命めいた話が」

「なんですか!?　教えてください！」

「んー……そうだな」

そう言って堅祐さんは私の前に顔を出す。それから突然の提案をした。

「教えてもいいが、交換条件があるんだ」

「なんですか」

「三人目も考えてみないか」

それは思ってもなかった提案。驚いて言葉に詰まってしまった。

彼の最初に作っていたライフプランを覚えていたからだ。

「堅祐さんは二人がいいのかと思ってました。最初のライフプランもそうでしたし」

「彩果といるとライフプランは何度も上方修正をしないといけなくなるんだ」

堅祐さんは柔らかく目を細める。

その顔を自分に向けられると、心臓が早鐘をついてなかなか落ち着いてくれない。

息をすうっと吸って、できるだけ冷静に考えてみた。

（三人目、か）

五人家族になる未来を想像してみたら、これが結構楽しそうだ。

「私はいいですよ？」

頷いた途端、堅祐さんが立ち上がる。驚いて見上げた私をすぐに抱き上げた。

「え、まさかもうですか!?」

「ダメではないだろ」

見上げれば嬉しげな堅祐さんの顔。

そのままソファに運ばれ、緩やかで甘いキスを落としていく。熱っぽい瞳の彼に捕らわれる。

（あぁ、困ったな。これは本当に予定外！）

――いまだに堅祐さんの大好きすぎて辛い。

そう思ったところでまた唇が重なった。

そして、その後、私は双子を妊娠する。

こんな堅実な人といても、人生は予定通りになんていかないものだ。

（完）

あとがき

はじめまして、または、お久しぶりです！　泉野《いずみの》あおいと申します。

さて、今回はおまけにその後をたくさん入れているので、あとがきでは先にこの作品の解説を少ししていこうかなと思います。

今作は最初に「完璧なライフプランを作って渡すヒーロー」像が思い浮かび、そこから肉付けをしていった感じです。完璧なプランを作るくらい堅実すぎるヒーロー。ヒロインは反対に自由な考えの持ち主で、正反対な二人。

ヒロインには、長年付き合った元カレもいます。やはりヒロインが一度は好きになった人……ということで、元カレはあまりクズにしないでおこうと思っていたのですが、困った人物ではありましたね。

そんな元カレにヒーローはもちろん嫉妬しつつ、嫌いにはなりきれない。元カレ・今カレ男性二人のやり取りも楽しく書かせていただきました。

受付の鷺宮さんについては、柴田さんと実は結構長く付き合っていて、事務所のみんなは薄々気づいていました。みなさんはどこかで気づかれたでしょうか？

また、今作には前作『嘘つき婚なのに、初恋のきまじめ脳外科医に猛愛で囲われました』で登場した場所も出てきました。よろしければこちらの書籍も手に取ってみてくださると嬉しいです。

登場人物たちのその後についても少しだけご紹介します。

その後、彩果は本当に四児の母になります。おまけに登場している祐悟と凛果の二人は堅祐に似て堅実に育ちますが、最後に生まれる男女の双子は超破天荒。（彩果に似たのでしょうか？）双子に振り回される忍足家でしたが、ここで堅祐の父と堅祐の祖父が大健闘。二人の関係も少し良好になるとか。

最終的に堅祐の立場はどうなったかというと……そこはいつか登場させたいなぁと思っているので、また別のお話で……。

最後になりましたが、この本の出版に携わっていただいたすべての方に御礼申し上げます。そして、この本を手に取ってくださったあなたに心からの感謝を！

またお会いできる日を、心より楽しみにしております。

泉野あおい

マーマレード文庫

狡猾弁護士は、結婚お断りの初恋秘書を一途な溺愛で搦めとる

2024年12月15日　第1刷発行　定価はカバーに表示してあります

著者　泉野あおい　©AOI IZUMINO 2024
発行人　鈴木幸辰
発行所　株式会社ハーパーコリンズ・ジャパン
東京都千代田区大手町1-5-1
電話　04-2951-2000（注文）
0570-008091（読者サービス係）
印刷・製本　中央精版印刷株式会社

Printed in Japan ©K.K. HarperCollins Japan 2024
ISBN-978-4-596-72010-8